Cidadão
Ricardo Pecego

cacha
lote

Cidadão
Ricardo Pecego

FAXINA	9
PULSO	19
CIDADÃO	33
REVIDE	47
NOTICIÁRIO	61
302.0	69
BANDOLA	85
VÍRUS	97
RÉQUIEM	107
CARRILHÕES	119
ESPERA	129
RETIRANTES	147

NOTA DO AUTOR

Quando pensei neste livro, imaginei diversidade. Num dado momento até convidei alguns autores conhecidos para compor contos distintos com foco na cidade e no cidadão que as habita. Assim, no meu ver, estariam listadas uma parcela destas infinitas possibilidades, na visão de uma pluralidade de autores.

Não deu certo. Contratos firmados, agendas lotadas e correrias diversas não permitiram esse formato dar liga. Contudo, alguns, destes que consultei, acharam a ideia interessante, foi o impulso necessário para escrever.

Tento resvalar em cabeças pensantes da cidade: Allan da Rosa, Ailton Krenak, Joice Berth, Milton Santos e tantos outros que movimentam uma espiral que me assombra, choca, entristece ao mesmo tempo que me encanta, me chama para a luta.

Os contos, nas páginas a seguir, são a tentativa de unir riquezas, proezas, movimentos, sensibilidades. Ser da cidade é como ser capoeira. É preciso ter atenção ao som, calcular os espaços para a ginga, escolher o movimento certo para se manter no jogo. Como diria o Mestre Gilberto do Arraial d'Ajuda (BA), num milionésimo de segundo é preciso tomar a decisão pela esquiva ou pela resposta. Espero que seja uma boa leitura.

Abraço grande,
Ricardo Pecego

FAXINA

O prefeito de São Paulo, Ricardo Nunes (MDB), afirmou nesta sexta-feira (10/11), que a Guarda Civil Metropolitana (GCM) não determina os locais para onde a Cracolândia se desloca. Ao mesmo tempo, reconheceu que algumas movimentações são barradas. "A gente não vai dizer para onde eles vão, mas tem locais que a gente vai dizer que eles não podem ficar", afirmou, em entrevista coletiva na Praça da Sé, na região central da cidade.

Correio Braziliense, 11 de nov. de 2023

O café da padaria desceu queimando! Esqueci de soprar. Acordei foi pelo efeito da queimadura não da cafeína. Mais um dia que começava sem sol. Que merda de vida eu me meti. "Faz concurso!", todo mundo dizia, como se fosse a garantia de boa vida. "Tem estabilidade!", bela bosta. O ônibus encostou no ponto. Todos estavam indo para o mesmo lugar, a multidão se aglomera na porta de entrada. Enfiei o pão de queijo na boca e parti para o primeiro confronto do dia.

No empurra-empurra para conseguir me aproximar do ônibus, eu duelava com aquela borracha quase impossível de mastigar. Consegui atravessar a multidão, na base da ombrada, roçando o corpo das outras pessoas. Venci a muvuca da porta. Cheguei até onde o motorista me enxergasse. Mostrei minha identificação.

Engoli aquela massa seca, que desceu devagar, arranhando a garganta. Quase sufocado, sinalizei para o motorista abrir a porta de trás. Ele fez um sinal com a cabeça, apoiado no volante, parecia cansado, aguardando os embarques. Subi no ônibus. O pão de queijo descia conforme sua vontade. Só parei de senti-lo, atravessando meu esôfago, quando finalmente o ônibus conseguiu sair do ponto. Lotado.

Na escuridão o caminho não mostrava muito da cidade, as luzes dos postes acesas davam um tom ainda dormente para as avenidas. Só as bancas de jornal se atreviam a dividir conosco aquela madrugada. A cada parada, mais gente embarcava amarrotando todos numa união forçada. A sensação de aperto aumentava ponto a ponto. As pessoas se espremiam para não perder a hora. O motorista acelerava o máximo para conseguir embalar o ônibus com aquele excesso de peso. Acho que se capotasse ficaríamos ali na mesma posição, só que de cabeça para baixo, tal era a compactação naquele container humano. Que bosta. Pelo menos o trânsito ainda não havia despertado, cedo demais para quem tem carro estar pelas ruas. Assim seguimos pela Radial Leste em direção ao centro.

Desde a primeira semana nessa nova função, pedi pelo apoio psicológico. Que bosta. Como fui cair nessa? Parece que tudo que aprendi com minha mãe e meu pai foi em vão. Sempre certinho, honesto, educado. Fui um aluno estudioso, tirava notas boas, nunca dei uma dor de cabeça para os velhos. Escutava seus conselhos. Passei no concurso público, fui servir a população de peito aberto, enfrentando o crime. Na corporação, me dediquei ainda mais. Tudo quanto era curso me inscrevia, tinha todas as graduações, ficha limpa, me tornei sargento em tempo recorde. Todo esse esforço ignorado.

Conforme me aproximava do Batalhão da Luz, sentia, mais do que o aperto do ônibus lotado, uma sensação de azia, um enjoo, que sempre antecede o trabalho da faxina, para o qual agora estou destacado.

A tal faxina acontece na Alameda Cleveland, coração da Cracolândia. Todas as noites os viciados do crack, que estão pelas ruas da Luz, do Centro, do Brás e do Bom Retiro, se reúnem na Alameda Cleveland, é onde se concentram noite afora. Nosso trabalho é necessário, pois é lá que fica a Estação Júlio Prestes, o Sesc Bom Retiro, a Sala São Paulo e a Secretaria de Estado da Cultura. Para que tudo isso possa funcionar, é preciso colocar esse pessoal para circular, espalhar a multidão. Esse é meu trabalho há quase um ano. Que bosta.

Desci do ônibus, caminhei até o batalhão, a sensação de mal-estar só aumenta, a psicóloga disse que preciso lidar com essa ansiedade, tomo meu remédio religiosamente, mesmo assim todos os dias esse mal-estar me domina. Encontrei meus companheiros na entrada. Soltei aquele "bom dia" seco, por obrigação, de quem se prepara para o inesperado. Certeza mesmo é a vontade de vomitar o café da manhã. Mesmo com duas máscaras especiais o cheiro daquela mistura de sujeira, sangue, fezes, urina, papelão, cobertores mofados e do crack penetra no nariz e traumatiza nossa mente, pois enquanto sentimos essa catinga da rua, nossos olhos enxergam as pessoas, ou o que sobrou delas.

Chegamos na Alameda Cleveland, encontramos o destacamento da Guarda Municipal e o pessoal da limpeza pública. Todos se olham por um momento, acho que esperam que alguém encontre algum motivo para adiar esse trabalho de bosta. Quando recebemos o comando vamos na direção da massa de gente podre. Primeiro acordamos os que estão no transe do crack, ou dormindo e vamos direcionando todos no sentido da estação Júlio Prestes. Não é uma tarefa simples.

Boa parte dos habitantes da Cracolândia já está acostumada com a faxina. Somos o despertador deles. A maioria, conforme vamos organizando a dispersão, se levanta e segue perambulando em busca da primeira ou da próxima dose. Mas sempre tem os que precisamos conter, descontrolados sob o efeito da pedra, e os que não acordam. Todos os dias, recolhemos pelo menos um corpo, que morreu na madrugada. A pior situação é dos que estão em convulsão. Temos que chamar o pessoal do SAMU, checar batimentos e não deixar que sufoquem. A vontade que dá é de entrar na frente da mangueira do pessoal da limpeza e se livrar da baba, da sujeira que gruda na gente depois do socorro.

Ainda tem a poeira: densa, marrom, que está em tudo que você toca na dispersão dos viciados. Meu maior desespero. Ela é tão fina, que impregna nas costuras da farda, nos cabelos, na pele e até nos cílios! Conforme eles se movimentam, essa poeira sobe e fica no ar parada, não dissipa e te deixa carregado de um cheiro de droga cozida. Por mais que trabalhemos de máscara e com todos os paramentos para nos isolar dessa imundície, é impossível não se sentir imundo e enjoado durante todo o processo.

Os únicos momentos que vejo nos viciados alguma consciência é no contato com as mães que andam entre eles. Sem proteção alguma, elas procuram seus filhos e filhas. Senhoras com idade, dificuldade de locomoção, chamam por nomes, choram pelos que não se levantam. Já vi alguns deles aceitarem socorro, serem amparados por elas, e seguirem caminhando na direção contrária à nossa.

Depois do nosso sinal, o caminhão pipa vem com a alta pressão. Lava a rua, com um jato que arrasta tudo que deixaram para trás. Sobra para o pessoal da Limpeza recolher esses entulhos e jogar no caminhão de lixo. Pronto. O dia já está surgindo, os primeiros carros passam pela Alameda Cleveland levando nos pneus aquele chorume podre. A realidade some da vista, o coração de quem não presencia nossa rotina não sofre. Regressamos para o batalhão e somos obrigados a tomar banho e trocar a farda. Minha roupa suja vai parar em dois sacos de lixo fechados com nó bem apertado, em casa lavo num tanquinho que só uso para isso. Um novato na faxina estava passando mal, vomitando no banheiro. Eu estava me enxugando, pensei o que teria feito para estar entre nós.

Comigo foi por causa de um aspira a oficial. Ele vinha direto do Barro Branco, cheio de nove horas. Farda: ele tinha a melhor. Coturno: dos mais caros. E assim por diante: colete, armas e emblemas eram dos melhores. Filho de capitão.

Em uma semana passou a comandar nossa viatura. Tinha comportamento explosivo nos dias que as rondas eram na Zona Leste, região na Vila Prudente, Vila Alpina, Oratório e Parque São Lucas. Não dava boi para nenhum menor na rua, parava todo mundo: geral, intimidação, lição de moral e uns tapas na cabeça dos moleques. Agora se pediam nossa ajuda em São Caetano se transformava. Distribuía cumprimentos, tirava foto com filhinho de rico, o dia era uma calmaria só.

Até que fizemos uma incursão na favela da Vila Prudente. Estava um calor do caralho naquele dia. Recebemos uma diligência para prisão de um traficante local. Gente miúda. Seguimos em duas viaturas destacadas sob o comando do aspira. O que era para ser uma ação rápida e sem dor de cabeça se transformou numa grande cagada.

Entramos na favela e fomos até o local onde o traficante fazia ponto, ao ar livre. Quando percebeu nossa chegada, assustado, evadiu. Nisso o aspira disparou, no meio da favela, os outros dois também. Eu corri atrás, consegui parar ele. Entramos em várias quebradinhas até que o traficante tentou subir num barraco, se pendurando na madeira do beiral de um telhado. Dei voz de prisão, mandei descer, ele persistiu. Dei um tiro de advertência no telhado, mas ele não parou de escalar. Então, antes que conseguisse subir, o alvejei na batata da perna. Ele se soltou e ficou no chão se contorcendo. "Os caras vão me apagar! Os caras vão me apagar!", ele dizia. Fiz a revista completa. Atestei que não estava armado. Tinha umas dez trouxas de maconha, uns trocados e nada mais. Devia plantar maconha em casa, uns vasinhos e olhe lá. Nisso chegou o restante do pessoal. O aspira me mandou circular para ver se não tinha alguém da quadrilha por perto. "Quadrilha!?", pensei comigo. Saí com mais um PM. Saquei que era o fim da linha do rapaz. Quando viramos numa viela escutei o pipoco fatal.

Tivesse sido só aquele rapaz a vítima fatal da diligência, tudo continuaria normal. Mas nossa ação virou notícia na televisão, mácula para a corporação. Culpa dos disparos precipitados do aspira e dos demais logo que vimos o traficante. Eles acertaram três crianças, que morreram em suas casas.

No relatório do aspira: "...Reagiu à prisão com arma de fogo", falou do traficante. Sobre as crianças que morreram na mesma diligência: ..."balas perdidas em função de troca de tiros contra o traficante".

Com a repercussão do caso na mídia, aconteceram passeatas na favela. Não em defesa do traficante, mas em função das mortes das crianças. Formou-se uma grande manifestação para o enterro delas. Devido à aglomeração e aos ânimos acalorados, por parte das pessoas que enterravam seus filhos, fomos destacados para garantir a segurança nos arredores do cemitério. Nunca me senti tão desconfortável numa farda. Sinceramente, não sei como os demais se sentiam.

A coisa ardeu tanto que deu processo na corregedoria e no meu depoimento eu contei a minha história. Não passei pano pra ninguém. Trabalhar com aquele aspira não dava mais, sempre tinha algum abuso de autoridade, coisa que eu evitava desde que entrei na polícia. Aquele rapaz, dito traficante, foi morte por encomenda, então dizer a verdade foi uma forma de ser posto para fora da turma do aspira.

Após meu depoimento, em poucos dias depois já fui chamado pelo tenente. Tinha uma nova função a partir do dia seguinte. Fui transferido para o batalhão da Luz e faria parte do esquadrão da faxina da Cracolândia. Que bosta!

O novato finalmente saiu do banheiro, pálido de tanto vomitar. Coloquei minha farda limpa e fui para o trabalho administrativo, uma parte maçante, mas longe da Alameda Cleveland e das encrencas daqueles que vestem a farda e se tornam autoridade. Um arroto me lembrou o pão de queijo, que agora doía no estômago, parecia uma pedra dentro de mim tentando ser digerida. Que bosta. Ainda bem que foi aquela a última viagem de ônibus. Naquele dia, após meu turno, eu compraria um carro.

Quando deixei o batalhão, no início da tarde, fui direto para a loja onde vi aquele corsinha sedã verde. O financiamento foi aprovado e saí dirigindo meu carro. Joguei os sacos de lixo, com minhas roupas sujas, no porta-malas. Era um alívio não precisar mais andar com aquela coisa colada nas minhas costas, dentro da mochila.

Minha primeira parada foi no consultório da psicóloga da PM. Como sempre, a sala de espera estava cheia. Saí de lá quando já começava a anoitecer. Fui para casa e lavei minha farda, mostrei o carro para minha mãe. "Tem cheiro de carro novo, meu filho", ela disse, toda feliz. Ajustei o despertador para acordar mais tarde.

Ainda estava escuro quando acordei, mas dormi mais de uma hora além do horário do ônibus. Tomei café em casa e sai com o carro pelas ruas ainda vazias. Peguei a Tiradentes, já tinha um pessoal pela rua. Notei na calçada um cidadão que não chegou na Alameda Cleveland.

Puta merda! Estava convulsionando, sendo observado pelas pessoas à distância, com nojo, espantadas. Parei o carro, desci e fui até o rapaz, parecia estar nas últimas. Fiz massagem cardíaca e ele voltou a respirar. Liguei para que acelerassem uma ambulância para o local. Me disseram para levá-lo para a Santa Casa, pois não chegariam a tempo. Enfiei aquele fiapo de gente no banco de trás e parti acelerado para o hospital.

Deixei o rapaz no P.S., "Vai lá acordar a doutora!", gritou uma enfermeira. Entrei de volta no meu carro, mas parecia estar em plena Alameda Cleveland.

Parelheiros já foi o lugar com maior incidência de mortes na adolescência da cidade de São Paulo. Há mais de 48 km do centro, distante do progresso, se caracteriza principalmente por ser uma região de mananciais onde está a famosa represa de Guarapiranga.

Desde 2008 o Instituto Brasileiro Estudos Apoio Comunitário Queiroz Filho (IBEAC) atua no distrito com crianças, jovens e mulheres, em ações que envolvem: mediação de leitura, oficinas, cuidados, prevenção de violência doméstica, reforços para autoestima, educação e cidadania.

"Pulso?", "Encontrei! Ela voltou", "Mantém o respirador, acompanha a retomada e vamos monitorando. Tem mais alguém?", "Não, doutora, pode descansar", "Ok, vou fechar meus olhos um pouco lá na salinha".

Ela sai pelo corredor do pronto-socorro, troca olhares com Clarice enquanto assina um papel, "mais um da Cracolândia?", a recepcionista pergunta tentando compreender a expressão da amiga, "Parece que cada dia tem mais, Clarice", e largou a prancheta sobre o balcão. "Como está a leitura?", "Doutora esse livro é difícil de parar de ler! Quando eu tenho um tempinho aqui na recepção, eu leio um pouco. Você conheceu esse escritor?", Fátima abre um sorriso saudoso, "Conheci e ele nos conheceu. Acredita que foi lá em Parelheiros?", "Minha nossa que emoção!", comentou Clarice, levando o livro junto do peito. A doutora se despediu e foi no rumo do pequeno quarto, sem janelas, onde uma maca e um travesseiro lhe fariam companhia.

Se deitou, sentiu o corpo molhado de suor se agarrando na roupa. Respirou fundo, era a terceira vítima do crack daquele plantão. Pensou em desistir. Seus pensamentos carregados de dúvidas e irritação não a deixavam descansar: "Será que algum dia isso vai melhorar?", "Vale a pena continuar?", esse carrossel circulava em sua mente enquanto procurava uma posição mais aconchegante na maca.

"Quando o poder público vai tomar uma providência mais drástica? Será que alguém está percebendo a transformação de um hospital público em centro de socorro de overdose? Quem ganha com esse caos?", Fátima deixou claro na reunião de staff do hospital que com a Cracolândia crescendo no entorno, o trabalho ali era similar ao de um lugar que vive um desastre natural, ou um campo de refugiados. Tanto os diretores, quanto os supervisores e até mesmo seus colegas, acharam exagerada a comparação. Faltava para eles repertório, interpretação para compreender suas afirmações.

Aquelas pessoas não conheciam nem a rotina dos bairros. Antes do seu turno terminar, chegavam as ambulâncias da faxina da Alameda Cleveland, ela alegou. Sua fala, entretanto, virou especulação, pois se a tal "faxina" existisse, o Dr. Augusto, que todos os dias passava pela rua, perceberia. Ele afirmou com todas as letras que não via nenhum viciado circulando por ali, "Você passa depois da faxina, Augusto, isso acontece de madrugada nos primeiros raios de sol".

Tentou de todas as formas demonstrar que a quantidade de funcionários e insumos previstos na estimativa da equipe administrativa não contemplava a imprevisibilidade da Cracolândia. "Alguns plantões atendo cinco pacientes, no outro doze", disse Fátima. Contudo, não teve sucesso em suas reivindicações. Seu posicionamento, na verdade, incomodava, passou a ter fama de antipática à boca pequena.

A porta da salinha se abre interrompendo seus pensamentos: "Doutora, chegou uma emergência!", rapidamente, Fátima se levanta, calça seu *crocs*, pega o estetoscópio, "O que aconteceu Jaque?", "Uma menina atropelada por um ônibus". O caso era delicado. A pequena se desgarrou da mãe, que discutia com o marido, na porta de um bar, tentando evitar que o minguado recurso da família se transformasse em seguidas doses. A Fátima e o ortopedista de plantão avaliavam os danos: a menina perderia uma perna.

Antes da amputação, precisava de outros cuidados, tomou seis pontos na cabeça, estava com vários machucados pelo corpo e havia uma suspeita de traumatismo craniano. Fátima e a equipe trabalhavam com rapidez para deixar a pequena pronta para o procedimento mais complexo.

Na porta do centro cirúrgico, outra enfermeira chega ofegante: "Mais um da cracolândia, doutora! Convulsão e hemorragia nasal!". Fátima deixou que a equipe finalizasse os pontos com auxílio do ortopedista.

Retornou quarenta minutos depois, fez uma nova paramentação. A feição rígida e o olhar apagado denunciavam que não conseguira salvar aquele jovem. Lidar com os viciados do crack em crise era sempre complicado. Pessoas em convulsão ou abstinência são rígidas, a adrenalina no corpo as torna fortes durante a crise. Era mais que um trabalho médico. Para se chegar à possibilidade de um exame acontecer, primeiro vinha o trabalho de contenção física.

Terminou os curativos e preparos para que a menina prosseguisse para cirurgia vascular. O ortopedista e o anestesista pediram que a doutora os auxiliasse. Ela permaneceu no centro cirúrgico até dar entrada um senhor acompanhado da filha. "Parada respiratória no PS, doutora". Enquanto Fátima examinava o senhor reanimado pela equipe, a filha dele, aos berros na recepção, reclamava da negligência no postinho. Escutava a filha enquanto auscultava o pai, levando-o na maca para a emergência. Seus pulmões estavam quase em falência, carregados. A doutora fez a drenagem, conseguiram estabilizar o paciente.

Em seguida foi até a recepção, chamou a filha e tiveram uma conversa mais longa. Com estas informações e os exames que realizaram no senhor, horas depois de sua internação concluiu que era fibrose pulmonar idiopática. Receitou nintedanibe. Percebeu a comoção na enfermagem. Achavam desperdício utilizar um medicamento tão caro para alguém que estava prestes a morrer em um ano, no máximo. Ela fez questão de interromper o julgamento da rodinha que comentava o caso. Afirmou que um ano era tempo suficiente para conhecer o planeta. "Phileas Fogg deu a volta ao mundo em 80 dias num balão! Sabiam disso?".

Fátima só teve tempo de fazer a anotação da medicação no prontuário e precisou correr de volta para o PS. Mais uma da Cracolândia convalescendo numa maca. Sua aparência estava tão prejudicada pelo uso do crack que ficou difícil para a equipe estabelecer sua idade. O corpo mirrado, fraco, precisava de delicadeza para manusear, dava para contar as costelas. Cabelos ralos cobriam uma parte da cabeça. O coração insistia em manter uma marcação, mas naquele estado de fraqueza era difícil respirar. Só conseguiram acesso no pescoço. Por aquela veia sobressaltada seguiram vitaminas, soro e tudo mais que pudesse estabilizar o quadro da paciente. O companheiro, que a trouxe até o hospital, foi o próximo a ser atendido, caiu na recepção do PS, desmaiado. Usou as últimas forças que o crack não sugou carregando seu amor até o hospital. Ficaram lado a lado nas macas.

A doutora observa novamente a equipe de plantão falando. Desta vez, sobre a senhora que acabara de atender: risadas, deboche, desdém. O pessoal julgando os pacientes, "Não é possível que a pessoa não procure ajuda antes de ficar num estado desse". Teve até quem questionasse tanto empenho da doutora em ajudar os cracolândias. "De dia o Dr. Augusto já estabeleceu o protocolo. É pôr no soro lá na salinha do fundo para não misturar com os demais atendimentos, ele checa todos de uma vez. Depois da visita única, já libera quem estiver por lá. Mais da metade nem espera, arranca o acesso e vai embora antes que o Dr. Augusto chegue. Não precisa atender como se fossem pacientes normais".

Augusto era o queridinho da diretoria. Não pedia uma seringa além do que fosse enviado, seus plantões pareciam aquelas portas de filial da Previdência Social, todo mundo na espera. Seus atendimentos aconteciam em curtíssimos períodos. Médicos de outras especialidades acabavam atendendo seus pacientes para desafogar o PS.

Sempre chegava quinze minutos mais tarde e saía dez mais cedo. Antes de fechar a folha de ponto, religiosamente, fazia horas a mais para compensar, mas dedicava esse tempo para prontuários e papelada administrativa pendente, nunca clinicando.

A doutora o conheceu durante as entrevistas de seleção do hospital. A Helen do RH fez de tudo para dar uma oportunidade ao Augusto: menos qualificado que Fátima e exigindo uma vaga no plantão diurno que não estava disponível, mas foi criada após ter ficado em segundo lugar na seleção.

Na interpretação da selecionadora, valia o esforço do hospital em ter no quadro alguém com as qualidades de Augusto, para quem sempre exibiu um sorriso durante a seleção. Ela erguia as taturanas loiras lá no alto, esboçando fascínio e gentileza. Quando se virava para Fátima, exalava seriedade, aspereza, um maxilar rígido. Suas sobrancelhas se juntavam com força para o centro, duelando com o Botox da testa.

Já passada metade do plantão uma certa calmaria permitiu que Fátima fosse jantar. Foi até a copa e pegou a marmita na geladeira para esquentá-la no microondas. Percebeu uma porção de embalagens de uma lanchonete na mesinha. Quase não havia espaço para apoiar a marmita. "O vale-refeição do pessoal estava garantindo os lucros da franquia", ela pensou. Era a terceira vez na semana que o pessoal pedia lanche. Uma das clientes chegou na copa e se sentou junto a Fátima, separou seu lanche, suas batatas fritas e o refrigerante. "Por que a doutora nunca pede lanche com a gente?", Fátima mastigou as folhas de alface e depois respondeu em tom educado: "Esses lanches não fazem bem, preciso de comida de verdade, caso contrário não aguento o plantão".

Fátima terminou de jantar, lavou a marmita e voltou para o quartinho. Naquela maca, dentro do cubículo quase sem ventilação, permanecia um tanto inconformada com a situação que se construía à sua volta. Ela aprendeu a interpretar, a enxergar as entrelinhas com a literatura. Em Parelheiros, quando ainda era criança, conheceu as mulheres que a deram suporte para aprender com a leitura dos livros a interpretar a vida.

Num dia, quando a mãe foi numa consulta no postinho, percebeu que a salinha ao lado da recepção estava aberta. Caminhou pé por pé na desconfiança de se deparar com uma bronca, pela curiosidade, mas foi recebida com sorrisos. A mãe logo apareceu para saber o que aquela mulher estava mostrando para a filha e aquela grave voz de veludo a tranquilizou: "São livros. Estamos montando uma biblioteca comunitária nessa salinha. Vocês podem pegar livros emprestados para ler". A mulher sentou-se em roda com as crianças e contou uma história. Fátima participou, respondendo em voz alta as perguntas que surgiam durante a contação. O tempo passou tão depressa, que quando se deu conta, a mãe já estava chamando para voltar para casa. Pela primeira vez, em suas brincadeiras, ela fingiu ser uma personagem. A mesma da história que conheceu na salinha do dentista do posto de saúde.

Corria pelo bairro, no boca a boca de quem passava pelo postinho, que as mulheres da salinha criaram uma agenda de atividades para as crianças e jovens. No retorno ao médico, uma delas conversou com a mãe de Fátima, para que a menina se juntasse aos demais nas rodas de leitura. "Ela não lê direito", disse a mãe, mesmo assim elas insistiram para que a levasse. Fátima e os demais começaram a levar livros emprestados para casa.

Nos encontros, muitas vezes as mulheres falavam de coisas que ela não compreendia. Apenas respeitava fazendo silêncio. Outras vezes, liam a história de um livro e dali partiam para outra, que não estava escrita, mas escondida entre uma letra e outra, e transformavam a história original numa coisa maior.

Fátima se tornou assídua frequentadora da biblioteca da salinha do dentista, que até então nunca havia aparecido em Parelheiros. Ia junto da criançada da rua. Foram diversos livros. Os primeiros, um tanto infantis, poucas letras. Tempos depois, já conseguia ler um livro quase sem ilustração. A mãe, algumas vezes, reclamava que o serviço de casa estava atrasado, "Você fica enfiada nesses livros!", apesar do desabafo, não atrapalhava o interesse da menina. Para Fátima, as leituras tornaram-se o mundo. Conforme novos títulos chegavam, ela os devorava para depois, nas rodas de conversa, desvendar as entrelinhas que ela e os amigos já observavam.

Dentre tantas leituras, uma foi especial, de um escritor de Moçambique, cujos personagens, logo no primeiro capítulo, revelavam um mundo destruído por uma guerra. Fátima se impressionou com as semelhanças entre Parelheiros. Aquele Terra Sonâmbula tirou seu sono.

Nas descrições do autor, enxergou os arredores da sua casa: os carros abandonados nas ruas de terra esburacadas, lugares escuros, onde os postes só serviam para escorar fios amontoados. Além dessas coincidências, na paisagem, havia também os corpos. Eles apareciam com frequência na história e no seu bairro. Um dia, no quarteirão de cima, outro no campinho; semana seguinte, numa valeta.

O primeiro corpo que Fátima viu na rua foi numa manhã com bastante cerração. Ela estava a caminho da escola. A mãe, distraída, não notou que atrás de um latão de lixo, virando a esquina da rua de casa, não estava uma pessoa dormindo. Era um rapaz morto. Ao lado dele, uma garrafa tombada; no peito, uma mancha marrom escura. Assim que a mãe percebeu, tentou tapar a vista da menina e acelerar o passo. "Era o Quinho mãe?", Fátima perguntou, enquanto a mãe coçava o canto dos olhos, sem responder a pergunta. Ao deixar a menina com a professora, saiu acelerada na direção da casa da amiga para dar-lhe a notícia sobre o filho Joaquim. Na mesma tarde, Fátima e a mãe foram ao cemitério para o enterro.

Fátima frequentou muito aquele cemitério. O lugar onde aconteciam as despedidas dos amigos que perdeu. Sua classe, na escola, nunca terminava com a mesma quantidade de alunos que iniciavam o ano letivo. Contudo, quando Fátima já estava com quatorze anos, a casa desocupada do coveiro, dentro do cemitério, deu novo significado ao lugar. A biblioteca teve que se mudar para lá, pois finalmente, após insistentes pedidos da população, um dentista ocuparia o espaço para atender a todos.

Fátima e seus amigos de leitura desafiaram as estatísticas do bairro, passaram a fazer planos para um futuro. Ela se aconchegava na maca relembrando os tempos que o cemitério exalava vida, gente indo e vindo, para conhecer a biblioteca do cemitério. Escritores, curiosos, autoridades.

Quando começou a estudar à noite e fazer cursinho de manhã, lhe sobrava a tarde para trabalhar na biblioteca, ler e levar a leitura para os que estavam chegando. Tanto ela como vários outros frequentadores das rodas de leitura iniciais, passaram a ser remunerados para isso. O projeto crescia, ganhava asas e apoio de instituições internacionais. Pensar que teve gente que não via futuro no empenho em torno da biblioteca.

Na verdade, não só os leitores percebiam o mundo, mas os sitiantes, as mulheres que não tinham um emprego fixo, e outras pessoas, passaram a interpretar o mundo e a importância de Parelheiros, da sua gente, das suas matas e águas que abastecem os bairros centrais da capital. Quem ia e vinha do bairro testemunhou o pulso daquela gente, vibrante e transformador.

Fátima entrou na universidade. Pública, com cota e tudo. O curso foi puxado. Percebia que pouca gente gostava de vê-la circulando por lá. Tinha um professor de microbiologia que não a suportava. Ainda mais que ela fazia questão de sentar nas primeiras cadeiras. No seu costumeiro tom desafiador, fez uma pergunta sobre o *Staphylococcus aureus*.

A classe toda começou a procurar nos livros e Fátima ficou parada, olhando para o professor. "Não vai consultar seu livro Fátima?", "Professor, eu trouxe o livro errado para aula", ele tomou fôlego, agradecido ao inferno pela oportunidade e despejou sobre a aluna: "Isso acontece, Fátima, em virtude da similaridade de todos os seus livros, estas cópias em espirais preto e branco. Será que eles vão durar todo o período do curso?". As risadinhas discretas, a satisfação de muitos da sala com a postura do docente não a intimidaram. "Professor Eduardo, estou aqui parada em silêncio, dando a oportunidade aos meus colegas de responder sua pergunta. Mesmo sem o livro eu sei a resposta".

Ele a encarou com sorriso irônico, "Ajude-os então, Fátima", ela se dirige aos colegas em tom de orientação: "Colegas, vou ajudá-los. O *Staphylococcus aureus* é uma bactéria esférica, do grupo dos cocos gram-positivos, frequentemente encontrada na pele e nas fossas nasais de pessoas saudáveis".

"Quanto à minha pergunta, já que percebo a falta de intimidade de muitos aqui com o livro, pode me responder?", inquiriu o professor ainda cético, repetindo a pergunta em tom de desafio: "Diga, Fátima, o *Staphylococcus aureus* produz o que para invadir a nossa pele e como isto ocorre?".

Tremendo dos pés à cabeça ela respondeu: "O *Staphylococcus aureus* produz toxinas que irão danificar a membrana, que incluem: a α-toxina, proteína formadora de poro e que se intercala na membrana plasmática das células e as despolariza; a β-toxina, a γ-toxina. A γ-toxina estafilocócica e a leucocidina fazem a lise de eritrócitos e células fagocítárias, respectivamente. Estas toxinas esfoliativas produzidas pelo *Staphylococcus aureus* são proteínas serinas que dividem a célula por clivagem da proteína desmogleína 1, que é parte dos desmossomos que sustentam as células epidérmicas estritamente juntas. Isto faz com que a epiderme superficial se separe da parte mais funda da pele, tornando o paciente vulnerável às infecções secundárias. Esta esfoliação, por exemplo, pode ocorrer no local do conhecido impetigo bolhoso, ou se disseminar quando a toxina secretada de uma infecção causa perda disseminativa da epiderme superficial, como ocorre na síndrome estafilocócica da pele escaldada, que é uma epidermólise aguda".

Por um breve tempo, que lhe pareceu uma eternidade, os cochichos cessaram, pairou um silêncio na sala. Muitos com o livro aberto, leram enquanto ela respondia, outros nem estavam perto de encontrar o capítulo correspondente. O professor engoliu seco a arrogância, quebrou o silêncio dando continuidade à sua explicação, sem elogios, e assim aquela aula prosseguiu até o final com Fátima protegida das incertezas que o hostil ambiente universitário provia, ao menos naquele dia. Durante os seis anos de graduação, ela suplantou os desejos de vários pela sua desistência. Também soube cultivar amizades que lhe serviram de apoio.

Sua pontuação a classificou para a residência em um hospital famoso. No primeiro dia, a Dra. Paula Friedman levou os residentes selecionados para explicar como funcionava a triagem dos pacientes. Fátima estava cansada, levantou-se às cinco para chegar no Morumbi às sete. "Quarto 102, Sr. Augusto Haiser, um benemérito deste hospital, só venham aqui acompanhados de um médico responsável. Ele não quer ser incomodado antes das nove da manhã. Quarto 103, o ex-presidente Fulgêncio Honório Carvalho, para entrar é necessário estar na equipe destacada para seu atendimento. Todos autorizados a acessar o apartamento estarão com esse adesivo holográfico colado ao crachá".

Todas aquelas regras e instruções de conduta deram a ela a impressão de que os pacientes eram clientes do hospital. Tanta pompa combinava mais com um hotel, onde o hóspede decide como deseja viver a experiência. Uma medicina que passava longe de seus sonhos juvenis. Fátima pediu a troca de residência com menos de uma semana.

Depois do breve descanso de meia hora, após o jantar, Fátima levantou-se e andou entre os pacientes fazendo a triagem. Descobriu a idade de Valéria, já consciente ao lado do namorado, 38. Quando foi levar os prontuários de volta, viu Clarice chorando no balcão da recepção, se aproximou e notou que ela estava com o livro apertado contra a bancada.

Ao perceber Fátima, falou com lágrimas correndo o rosto. "Que livro é esse Fátima!", a doutora sorriu, "É um daqueles que a gente termina e o mundo se modifica. Não é mais o mesmo que era antes da nossa leitura". Fátima concordou sorridente, Jaqueline interrompeu o momento delas, "Dra. Fátima tem mais um da Cracolândia, o cidadão foi encontrado convulsionando em plena Tiradentes", "Está consciente?", "Não", "E o pulso?".

CIDADÃO

Com licença, Senhor Rio. Vou pisar leve e firme, vou sentir tua passada contínua e também vou farejando, injuriado por tua condição. Deitado pertinho da janela do meu quarto, nos fundos de minha morada, a que se abre ou se cerra por teu aroma desgracento. Caminhando cotidiano em sua beirada e esforçando a boca do estômago ao contrair a narina para aguentar o vapor das fezes e detritos que há décadas te compõem, vou ofendido por esse avesso de encanto, mas ciente que não és tu que me acutila com esse fedor e sim o desenho de porqueira que foi e que é a história das escolhas urbanísticas de nossa cidade.

Allan da Rosa, *Águas de homens pretos*

A cidade é o palco de atores os mais diversos: homens, firmas, instituições, que nela trabalham conjuntamente. Alguns movimentam-se segundo tempos rápidos, outros, segundo tempos lentos, de tal maneira que a materialidade que possa parecer como tendo uma única indicação, na realidade não a tem, porque essa materialidade é atravessada por esses atores, por essa gente, segundo os tempos, que são lentos ou rápidos.

Milton Santos, no Grupo de Estudos sobre o Tempo, do Instituto de Estudos Avançados da USP, 29 de maio de 1989

… não é absurdo você imaginar uma floresta dentro das estruturas urbanas da cidade. A questão é: por que não permitem que outras insurgências apareçam nesse espaço tão vigiado que é o espaço urbano, a metrópole? O espaço urbano é o espaço mais vigiado que existe. Vigiado do ponto de vista sanitário, do comportamento, dos deslocamentos… ele é super vigiado e estagnado no tempo, e é por isso que a arquitetura de hoje não é diferente daquela que se produzia dois ou três mil anos atrás.

Ailton Krenak para o Arch Daily, publicado em 11 de out. de 2023

As cidades são espaços de disputa em que o traçado nos permite identificar os discursos opressores que se formaram pelo curso da história e estruturaram nossa sociedade.

Joyce Berth, na plataforma online Medium, em 3 de jun. de 2019

Tio, o corre na rua começa cedo, ainda quando nem é cedo pra falar a verdade, tipo onze da noite, na zona cerealista já é cedo. Que nem uma vez, pra ganhar um troco, ajudei a descer uma pá de caminhão de coco verde. Puta trampo da porra, cada coco pesa uns vinte quilos!

A gente pegou firme no passa passa enchendo uns carrinhos, depois foi tudo pra dentro do Mercadão. Do trampo todo me sobrou um coco, mais trinta e cinco reais. Ezequiel, que era o dono da carga, abriu meu coco com a maior tranquilidade. Facão na mão parecia espada ninja. Saí fora tomando água de coco feito gente fina, dono da noite, na busca de um canto para dar aquela relaxada e dormir um pouco. No caminho, trombo o português da coxinha quentinha, lá se vão quatro conto, que a fome tava me pegando, tio, meu almoço foi nada, com recheio de coisa nenhuma. A janta eu pulei por motivos de zero coisas pra comer.

Subi a General Carneiro, mandando o dente na coxinha recheada do português. A rua já estava toda embalada, as barracas amarradas, cobertas de lona azul e laranja. Na passada fui chegando numa luzinha que ainda tava por ali. Tinha um maluco vendendo pisante pro pessoal que vinha de longe entregar no Mercadão. Dei uma parada pra ver aqueles falsiê que o barraqueiro vendia, perguntei a hora e já era dia, madrugada. Tava em cima pra arrumar o canto no chinês. Dei um canudo até a Rua da Quitanda.

No passo acelerado cheguei na Patriarca. Vazia. Só bolinho de gente amontoada, dormindo na frente da loja do Baú. Atravessei o Viaduto do Chá e cheguei perto da Galeria, e me dei bem. Quando gritei pro chinês, ele veio, abriu a portinhola de ferro. Fazia a segurança para ele. Ganhava um salgado, uma coca e dormia num colchãozinho no fundo da lanchonete. Deu uns dez minutos ele já zarpou, baixou a porta. Antes não tinha colchão, eu estendia um pano de chão e boa, mas nessa época o chinês já deixava até um radinho pra mim. Dava pra eu escutar um sonzinho antes de pegar no sono.

Pode parecer estranho, agora que tenho esse shape de grilo, mas salvei ele duns noia, uma vez, quando ele saía da lanchonete. Os maluco foram seco no pacote de dinheiro que ele levava. O chinês lutou um pouco, mas a valentia dele não adiantou nada contra os drogadito. Tio, a fissura deles é tanta que um magrelinho qualquer arregaça esses fortão de academia. Como eu não gosto de covardia, juntei com o China pra dar umas porrada naqueles noia do caralho. Depois ajudei a pegar a grana, toda espalhada pelo chão. Ele agradecido queria me pagar.

Minha fome era tanta que eu até lembro. Briguei de teimoso que sou. No desespero, peguei a grana da minha recompensa e já dei de volta pro chinês, querendo comprar os salgados que ele tinha numa outra sacola. Ele deu tudo sem cobrar nada. Me deixou com os couro de rato. Acho que eu dormi com um pedaço de salgado na boca, sentado, só o pó. No outro dia entrei na Galeria para comprar uma camiseta do Floyd, com o dinheiro que o chinês me deu. Na saída, eu todo cheio com a peita no corpo, escutei um grito vindo da lanchonete. Era o chinês me chamando. Me serviu uma coca e um pastel. Puta alegria! Eu tinha comprado o pano que eu sonhava, e ainda levei o rango de graça. Agradeci e perguntei se ele não queria uma segurança em troca de um canto para dormir. Ele parou um momento, conversou com uma senhora, tudo em chinês, cochichando, que nem se eu soubesse chinês eu não ouviria nada. O esquema rolou por uns bons anos.

Ele me dava um canto pra dormir, uma coisa para comer e pãs. Nos dias que ele tirava a grana da lanchonete eu acompanhava, tipo escolta, até a casa dele perto da Sé.

Uma coisa foi ligando na outra, meu, fico de cara quando lembro. Sabe esse lance de destino, que se fala por aí, motorista? Parece que tinha chegado pra mim também. Com esse esquema eu conseguia dormir até umas nove da matina, coisa que no tempo do povo da rua já é tarde. Deu certo pra mim por causa da hora que o China abria a lanchonete. A Galeria só abria às dez. Me sentia descansado pra fazer meus corres. Tinha café da manhã todo dia, que eu repartia com o Luza lá no São Bento.

E não só isso, não, se liga, o destino pegou mesmo, na minha visão, por causa de eu ter conhecido o Marcão, dono de uma loja de discos ali na Galeria. Tava lá, num dia, na lanchonete do Chinês. E esse cara tava lá, tranquilo ali, tomando um caldo de cana e comendo um pastel, bem na hora que eu ia ganhar a vida. De rabo de ouvido escutei a conversa dele. Um puta brancão de olho claro, com cabelo liso loiro, escorrido até a cintura, vestido numa peita linda do Floyd. O papo, com outro cabeludo, era dum show que ia rolar e queriam uns caras pra trampar. Entrei na conversa e encarei aqueles cabeludo da porra. Marcão me sacou e olhou pro chinês: "É ponta firme?", perguntou. Dando sinal de joinha, o China abriu o caminho e então, no dia combinado, fui procurar um tal Samuel no Teatro dos Vampiros, na Mooca.

Parece que eu te falando assim de destino, você vai pensar que sou dessas parada mística. Porra nenhuma, motor! Quem tá com a vida ganha consegue bem pensar em destino, fazer plano. A vida segue meio que uma linha. A minha, não, mano, todo mundo da rua pode viver 1000% num dia e no outro tá numa precisão extrema. Essa cidade da porra é assim cruel mesmo, se enfrentar ela de peito aberto, que nem a gente da rua enfrenta, sempre vai tomar porrada.

Se liga nesse lance que me trouxe até aqui, eu não tive culpa. Era pra eu tá bem na fita. Mas a queda foi alta. Minha subida teve pontapé inicial na empreita desse show. No dia combinado fui até perto ali da Rua São Caetano, entrei no 311-C Parque São Lucas, sentei no banco da frente, não tinha grana pra passagem, então próximo da Mooca pedi para o cobrador para passar sem pagar. O cara deu um positivo com a cabeça. Segurou a catraca para não rodar, enquanto eu fazia uma manobra de circo para passar debaixo, sem encostar minha peita do Floyd no chão imundo do bumba. Desci quase perto da Oratório e de lá segui a pé até o tal teatro. Tava quase na hora do almoço, já sentia o corpo pedindo comida, naquela manhã já tinha feito vários corres, mas não consegui parar e comer nada. Uma coisa encavalava na outra, saca?

Na porta do Teatro dos Vampiros estava uma zona, um caminhão tentava fazer baliza onde cabia no máximo um Monza, uns cara forte com camiseta de banda tentavam afastar o Chevetinho parado no lugar e na hora errada. Com aqueles puta braço deram uns três molejo e abriram a vaga na marra para o caminhão. Fiquei só de zóio, depois perguntei para um deles quem era o Samuel. Me apontaram um cabeludo gordinho, suado, mesmo sem fazer nada. A correria ali era pra montagem do espaço pro show de uma banda alemã naquela noite. Falei que o Marcão me mandou ali e o Samuel me ofereceu cem conto pra trampar até tudo terminar. Perguntei se tinha um rango incluso e ele disse que seria marmitex. "Já almoçou?", respondi que não. Ele deu um grito pra todos ali que as marmitas já estavam lá dentro pra todo mundo almoçar cedo e depois do almoço descarregar e montar tudo.

Lá dentro, puta clima estranho, o lugar era todo pintado de preto, um espação vazio com um palco. Não tinha mesa pra ninguém. Cada um pegou sua marmita, sua lata de refrigerante e sentou no chão mesmo pra comer.

Dez minutos depois do almoço, já estava trampando pesado, carregando o grid de alumínio para ser montado no palco, cada dois tinham que aguentar uma peça daquela que chegava a dobrar até os mais parrudos, sofri. Depois do gride no palco, começamos a descarregar os equipamentos de luz e som, tinha coisa pra cacete, já estava pensando que os cem conto do pagamento não compensavam nem fudendo.

Fiquei sapeando todo mundo que trampava ali. O esquema mais suave era no bar. Os caras descarregaram as bebidas, muito mais leves que os equipamentos, depois ficaram mó cota esperando o gelo, que chegou no fim da tarde e nesse meio tempo organizavam o balcão, o caixa, coisa muito fácil. Consegui migrar nos shows seguintes de uma equipe pra outra, tudo graças a uma falta de água lá do teatro.

Quando era o meio da tarde, todas as torneiras secaram. O Samuel nem se ligou, sentado numa cadeira jiboiando, desde a hora do almoço. Ele só observava o movimento e cutucava o nariz. Ele se fodeu quando despejou aquele puta rojão na privada seca. Só fitei o maluco saindo meio cabreiro do banheiro. "Acabou a água?", perguntou pra gente que já sofria com o cheiro de esgoto que saía do banheiro. Os metaleiros iam quebrar todo aquele lugar, pensei na hora. "Que porra!", esbravejou, procurando um telefone.

Logo todos sabiam de duas coisas: que a conta de água do teatro estava atrasada, e que o Samuel tinha dado um barro nervoso no banheiro, o cheiro já estava se espalhando pelo salão todo. Pra piorar, dois dos gigantes não resistiram e fizeram o mesmo em cabines vizinhas, aumentando o grau de bosta pelo ar. Cem conto! Deveria receber uns quinhentos pra aguentar aquela catinga!

Foi quando estava todo mundo na merda que enxerguei a oportunidade. Colei no Samuel e disse que resolvia o problema do banheiro se ele aumentasse minha diária pra duzentão e nos próximos me colocasse na equipe do bar. Ele tava xingando um maluco. Um tal responsável do teatro. Depois que fiz a proposta, ele parou, pensou dois segundos e me liberou pro serviço. Foram uns dez baldes de água até me livrar de toda a merda. Eu vinha lá do bar, vizinho do teatro, equilibrando tudo no muque. Poucas horas depois, quando a tarde já estava se despedindo, a água voltou.

O Show rolou e a banda foi foda demais. Saí felizão, com a minha grana, depois da desmontagem. Carregamos todo aquele equipamento de volta para o caminhão. Tava moído e, pela hora, não encontraria o chinês para dormir na lanchonete, já não tinha mais metrô nem ônibus circulando. Me virei pela rua mesmo. Fiquei ali na porta do metrô Bresser, que já tinha um pessoal no papelão. Abrindo a estação eu já ia cair pro centro.

Quando acordei, os ambulantes da estação estavam começando o movimento, agilizei um pastel de queijo, que o japa cabeludo de cadeira de rodas fritou. O maluco era ligeiro pra caralho naquele quadradinho. Uma mão ele manobrava a cadeira, a outra na escumadeira. Foda. Ele tava com a peita do show que trampei. Foi estranho, saca? Parecia que eu era o dono do evento, tipo um sentimento de dever cumprido vendo o japa falando com outro cara no balcão sobre o show. Puta satisfação. Coloquei a última colherada de vinagrete no pastel e saí fora. Fui pegar o metrô, desci na República e fiquei um tempo de bizu, sacando o movimento, enquanto a Galeria não abria. Tinha uma molecada ativa, já cedo pela praça, dando correria. Deixaram uma senhora sem a bolsa, um velho sem carteira e o filho da puta do Salomão, da loja dos relógios, com um vidro quebrado na vitrine. Aquele mereceu, tava ali no centro desde o tempo do avô, como fazia questão de falar. Um dia me tirou no chute da frente da loja dele. Eu dormi lá, desencontrei do Chinês, sei lá por quê. Aquele gordo narigudo me deu uma bicuda na barriga e um monte de porrada. "Acorda aí vagabundo! Isso aqui é loja de família do centro seu porra! Não é lugar de vagabundo dormir!", doeu uma semana aquela bica. Filho da puta.

Fui vazado pro Largo do Paissandú, que depois daquela vidraça, ia chovê polícia, e pra quem ficasse ali perto dos moleques, ia dar merda. É o estilo limpeza geral: foi um que atrapalhou? Não importa. A gente tira todo mundo fora.

Assim que a galeria abriu eu fui até a loja do Marcão, falei do trampo. Ele cascou o bico do lance da privada e me disse que logo teria mais. Tiveram mesmo. Muitos, na verdade. Trampei de show em show, com tudo que era banda: Yes, Nazareth, Purple, Kiss, Ozzy, Motorhead, Iron, Scorpions, Dio, AC/DC, Metallica, Megadeth, Saxon, pra dizer das que eu gostava. Até no do Roger Waters, vocal do Floyd, eu trampei em 2002.

Ganhei a confiança dos caras. Eu chegava e tinha minha diária na mão e entregava o serviço. Quando o show era em estádio, trampava quase uma semana, ficava cuidando de toda a montagem, dando ordem pra turma mais bruta carregar os equipamentos. Tinha coisa gigante pra cacete! Palco maior que uma quadra de futsal. Ainda bem que eu não pegava mais peso, mas tinha que ficar ligado que neguinho toda hora queria cruzar os braços, fumar um cigarro, relaxar, e os gringos ficavam fervendo de raiva, querendo tudo montado ligeirinho.

Aí rolou um show do Satriani, no Credicard Hall, lá pras bandas de Interlagos, longe pra caralho. Sempre detestei ter que trampar lá. Era foda pra voltar. Uma caminhada severa até Santo Amaro e de lá nunca tinha ônibus naquelas horas. Vez e outra conseguia carona com o pessoal da equipe que me deixava na Paulista.

Nesse show, tudo foi meio alvoroçado, ingressos esgotados muito antes do tempo normal, gente pra caralho tentando comprar e nem os cambistas tinham. Eu troquei ideia com o Gê, que era cambista velho ali. Puto pra caralho com a tal da Internet, "Foi um susto e os ingressos já foram pro ralo! O cara tocou no Jô Soares e tudo se foi". Eu pensei comigo, motor, aquilo era modinha mesmo. Viram o cara na televisão e saíram gastando. Só guitarrista que curtia o som dele. Fiquei de cara vendo tanta gente de fora querendo um ingresso. Dei um rolê perto da galera. Tinha um maluco que tinha vindo de Mogi Mirim, só pra ver o show. Esse era fã mesmo, a peita dele era do primeiro show do Satriani no Brasil, no Olympia, em 96, eu trampei naquele show. O rapaz perdidão, velho. O outro maluco tinha ingresso e nem sabia nada do Satriani, queria vender, dando uma de playboy cambista. Quase que dei uma de loco e tomei o ingresso do filha da puta, pra dar pro outro rapaz, mas fiquei de boa, só ouvindo.

Naquela semana, fui no Marcão de novo, direto na loja. Ele tava com um computador conversando com um monte de gente ao mesmo tempo, tecnologia da porra. Falei que tinha rolado um esquema muito estranho naquele show. "Eu tô ligado, agora mesmo aqui na conversa e tem uns dois lojistas aqui da Galeria que ficaram sem ingresso". Percebi que conforme essa internet ia melhorando, meu serviço ia minguando, tudo sempre concentrado lá naquela lonjura da porra, o Olympia foi ficando sem agenda até fechar em 2006, em 2011 fechou o Via Funchal. Os shows de estádio, nem me chamavam mais, tava tudo na mão desse pessoal de Interlagos. Foi um tempo complicado, senti um certo vazio, saca? Já fazia uma cota que eu não zanzava nas ruas, na caça de um corre. Sempre tinha dinheiro no bolso, comprava meu cedezinho. Na noite que não tinha trampo, curtia minha música lá no chinês madrugada afora.

Parecia que a tal da Internet deu uma piorada ali pro centro também. Uma pá de loja de CD fechando, os caras falando que ninguém mais comprava disco, "Agora é só Audiogalaxy, mp3". Sei lá que porra é essa. O chinês resolveu ir pro interior. A debandada das lojas de disco da Galeria mandou o aluguel lá pra cima. Não compensava mais ficar por ali.

Eu vendi todos os meus discos num sebo, comprei uma mochila pra colocar minhas roupas, era novamente das ruas, tinha um dinheirinho, mas cada salgado que comprava ia minguando.

Tava um dia de boa no Parque da Luz, onde passei a noite, quando vi um cara alucinando perto de mim. Ele desmaiou com um sorriso na cara e soltou um cachimbo feito de caneta bic no chão, aquela porra ainda tava fumaçando. Eu peguei o cachimbo quente e puxei aquele resto de fumaça pro peito. Que foda! Esqueci das tretas, fiquei leve, mas minha cabeça parecia que tava a duzentos por hora, uma fricção doida. Mesmo ali parado no parque parecia que eu tinha viajado pelo mundo inteiro. Fiquei doido por mais pedra. O barato dela é foda, motor. Parece que você sai do corpo. Qualquer coisa que eu tinha, virava pedra. Dependendo do que eu levava pro escambo, dava uma mais graúda.

Eu quase não comia. Mas teve um dia que uma mulher com corpo de homem me deu comida. Caralho, desceu bem aquela sopa! Tava no meio dos noia da Cracolândia. Ela, ele, sei lá, tava com uma camiseta do Floyd. Eu mostrei a minha. Trocamos uma ideia, o pai dela, dele, veio perto, pegou minha camiseta pra ver e me devolveu.

Dessa fase eu lembro tudo tipo flash, tá ligado, motor? Nada é bem certo, minha cabeça tava só o fiapo mesmo. Teve um gravatinha que me pagou pra dar entrevista ali na frente dos noia. Eu topei, lógico. Ele me pagou com uma pedra grande. Com certeza da turma do Josias, um traficante dali. As pedra dele sempre vinham batizada, mas era barata. Fumei aquela pedrona ruim sozinho. Na hora senti o baque, mas só mais tarde, num rolê que eu dava ali na Tiradentes, na madrugada, que a coisa pegou e eu tontiei.

Quando eu voltei pra mim, comecei a perceber a situação real da minha pessoa. Já não tinha mais dinheiro, nem roupas, nem mochila. Só fiquei com minha peita do Floyd, toda esbagaçada, uma calça e só. Tava internado num hospital, a enfermeira me disse que tive convulsão. Caralho, eu pensei, tive um piripaque com aquela porra de cachimbo ali no Parque da Luz e me roubaram tudo. Só depois fui lembrando dessas fitas aí que falei. Um cana que me salvou na Avenida Tiradentes, tava passando de carro e me viu estrebuchando.

Cinco anos, motor! Cinco anos que eu não lembro quase nada. Passou feito raio depois daquela primeira tragada. Fatal. A médica que me salvou chamava Fátima, uma nega bonita, com a unha colorida, cabelo trançado e brincão de argola. Ela tirou o celular do bolso e mostrou uma foto minha. Puta susto da porra! Meu cabelo tava monstro, tipo um dread de sujeira da rua, barba grande toda falhada e um olhar loco, selvagem pra caralho. Ela passou o dedo na tela e a imagem mudou prum vídeo, nunca tinha visto aquilo, que porra de celular era aquele? Era eu na imagem, desmaiado. Alguém com palito mexia na minha boca. Porra! Meus dentes tavam podres, pequenos. Eu coloquei a mão na cabeça, sentado ali na maca, estava com cabelo raspado, passei a língua dentro da boca, um puta desespero, eu quase não tinha mais dente.

Eu fiquei loco, fumado, de 2008 até 2013. Crack. Internei ali, fazia quase doze dias, dez em coma. Olha eu, motor, pele e osso, magro pra caralho, quase um zumbi mesmo. Acho que a situação de todo mundo aqui desse busão é parecida, né? Todo mundo aqui está tendo uma nova chance! Uma vida nova. Uma cidade menor. Quem sabe não encontro o chinês! A assistente social conseguiu essas vaga pra nós nesse hospital, o maior da América Latina, ela falou. Sorte que eu ainda tinha RG.

REVIDE

Não se nasce mulher, torna-se mulher

Simone de Beauvoir

Assistir a meus colegas de sala me imitando foi como sair derrotada da competição de soletrar, mesmo estando com o troféu nas mãos. Remedavam meu sotaque, exageravam trejeitos, que obviamente não fiz, dando a impressão de que a minha participação foi um show escandaloso. Por um instante, pensei em utilizar o troféu. Não como símbolo da minha vitória, do meu alto desempenho, mas como arma, num golpe certeiro com a quina de pedra. Abrir a testa de dois deles, e observar a correria dos demais. Assistir impávida ao jorro de sangue espirrando pelo chão da escola. Vibrar com as expressões daquelas caras tornando-se mais pálidas, suas franjinhas padrão TikTok ensopadas de vermelho vivo. A expressão de desespero, surpresa, diante da minha reação.

Só imaginei. No fim das contas, segui meu caminho ao lado do meu pai. Cabeça baixa, cara amarrada. Quando olhei de lado reparei sua expressão. Estava parecida com a minha, observando de canto de olho meus imitadores. Minha mãe, toda preocupada, tentava quebrar o silêncio daquela caminhada até o estacionamento. Se esforçava para manter o sorriso, como se fosse indiferente às hienas que se matavam de rir. Ela tomou o troféu para si e analisou com olhar de valorização, "Parabéns pelo troféu, filhe!".

No carro, ao invés de comemorarmos, silêncio. Prevalecia a zueira dos rapazes ecoando em nossas cabeças. Minha mãe ligou o rádio, abriu um pacote de bolacha e ofereceu para nós, "nossa que crocante!", meu pai exalava ódio. Segurava com força o volante, tentava se conectar na atmosfera de indiferença que minha mãe procurava estabelecer. Pensei, no momento, que ele odiava não só os rapazes imitadores da escola, mas a situação que eu os obrigava a passar.

Estava cansada destas situações. Saturada com a frequência que aconteciam, desde os meus onze anos, quando tudo mudou, e realmente não cabia mais no corpo de homem que eles me deram. No início, a reação dos meus pais foi imaginar que eu estava sob alguma influência que transcendia minha maturidade. Tivemos muitas conversas. No início, eles acreditavam que faltava maturidade para uma decisão dessas. Lembro meu pai dizendo: "Você inicia uma transição e depois descobre que não sente compatibilidade com homens, isso não vai fazer você passar por outra transição?", de pronto, eu respondi, "Pai eu não estou escolhendo ser menina para namorar, por escolher namorar meninos. Eu preciso da transição para olhar no espelho e me aceitar. Eu penso como menina, gosto de colorir o caderno com canetas diferentes, gosto de pular elástico, de ser mamãe ou professora nas brincadeiras. Na educação física eu quero estar no time das meninas, a gente escolhe time diferente dos meninos. Eles querem sempre ganhar, brigam pelo melhor time, eu quero estar com minhas amigas, o melhor time será sempre o que elas estiverem".

Sei que não foi fácil para eles, pois não estavam na minha mente, contudo, me apoiaram. Fomos estabelecendo transições dentro da transição. Sobrevivi a uma vida dupla, até os treze anos, me travestindo de menino na escola e sendo eu mesmo em casa.

Nesse período, a leitura se tornou algo muito importante. Para ficar o máximo de tempo em casa, eu aderi a hábitos caseiros, saía para ir à escola e quando tinha um livro nas mãos.

Ler tornou-se minha paixão, dividir momentos com os mais diversos autores e personagens. Eu e eles de frente, quase rostinho colado. Adorava escutar dentro da minha cabeça suas fabulações, como as personagens caiam em desgraça, ou se livravam de situações mil. Inúmeras vezes me vi nestes extremos e nem sempre imitava o que os autores haviam traçado como os destinos daquelas personagens, quase sempre foi o inverso. Ler me fez construir uma crítica que só me ajudou na convivência do meu eu, com o travestido de não eu, que fui nos tempos mais jovens.

Depois dos catorze, não me travesti mais de menino. Essa emancipação me trouxe muita alegria, das pessoas enxergarem quem eu sou e de poder frequentar os lugares sem me preocupar se o meu gesto é adequado ou não. Não me escondo mais, na verdade escancaro. Para a visão de muitos eu ainda sou um rapaz fantasiado de garota. Essa superficialidade ainda alimenta confusões, mas com quem tenho afinidades tudo que é exterior se dilui nas minhas essências, femininas com letra maiúscula.

Só não admito preconceito e esse joguinho de tirar sarro, tentar diminuir minha pessoa em prol da ignorância.

Na segunda-feira, após o concurso de soletrar, enquanto buscava meu caderno na mochila, a coordenadora, Dona Gertes, entrou na sala solicitando ao professor minha liberação para uma conversa. Olhei para seu penteado, cada fio no seu devido lugar fazendo uma onda perfeita, levando-os a se encontrar atrás da cabeça num coque escultural. Então notei o brilho de seu bracelete dourado, que se estendia em minha direção, me chamando. Me levantei e atravessei as fileiras em sua direção. Esse pequeno trajeto foi o suficiente para que as hienas fizessem seus grunhidos, na tentativa de tirar risadas coletivas da classe. Dona Gertes nem pestanejou, tudo normal, sua expressão só foi modificando conforme eu me aproximava. Ela visivelmente evitou tocar em mim, dando um passo para trás e me indicando a direção. Segui seu cortejo e fomos para a sala dela, com diploma pendurado atrás de uma escrivaninha de madeira, toda trabalhada. Ela se sentou em sua confortável cadeira com costas altas e me encarou com um misto de sorriso e constrangimento.

Me sentei, ao meu lado, numa outra cadeira, nos aguardava Diana, a psicóloga. A conversa começou com uma parabenização pelo primeiro lugar na prova de soletrar. Depois, veio um elogio às minhas notas. Na sequência, as damas iniciaram uma ladainha: que o aluno não pode ser avaliado apenas pelo desempenho em notas. Existe todo um conjunto que compõe o verdadeiro bom desempenho, e o meu estava em desequilíbrio, pois apesar de academicamente brilhante, pessoalmente, estava destoando de uma conformidade. Algo que, no aparte de Diana, poderia ser causado por uma confusão dentro do âmbito familiar.

"Que confusão a senhora se refere?", perguntei à analista do comportamento com bloco de notas em mãos. Ela então ajustou a postura e com toda a segurança apontou minha transição como esse fator de desequilíbrio.

Fixei meu olhar, enquanto ela discorria sobre mim, e apenas imaginava tirar o lápis da sua mão e fazê-lo atravessar sua coxa cruzada, unindo as duas pernas. Depois, era pegar o bloco de notas e mandar a espiral direto na boca da Dona Gertes, para que ela engolisse aquela cerâmica luminosa que enfeitava seu sorriso e escondia sua miserável dentição amarela e desgastada para o encaixe da nova tendência. Foi um pensamento tão rápido que ainda escutei o final da explanação da psicóloga, temendo pela minha aceitação social no momento de procurar um trabalho ou desenvolver uma carreira. No final, ela perguntou como eu me sentia refletindo sobre essa situação ali com elas.

"Diana, Dona Gertes, agradeço a preocupação de vocês, mas sou obrigade a discordar dos seus argumentos. Acho que se esta escola tivesse mais alunos como eu, estaria melhor", elas riram como se minha afirmação fosse uma brincadeira e a expressão delas foi se modificando quando perceberam que eu falava sério.

"Digo isso principalmente pelo aspecto acadêmico, que uma boa parcela dos populares da minha sala não sabe soletrar, como perceberam no sábado passado. Quanto a esse desequilíbrio, o que pretendem fazer?", as duas se entreolharam, Diana estava paralisada, aguardando o posicionamento da chefe, Dona Gertes tentou retomar o leme da conversa, "Márcio", "Márcia!" eu rebati, "nós estamos falando de você, não dos demais", retomei minha cordialidade na fala, "Exatamente, estão preocupadas comigo, que tiro notas boas, que participo de todas as atividades extracurriculares, que não atrapalho a aula de nenhum professor, tão pouco tenho desavenças com nenhum outro aluno, mesmo sendo alvo frequente de preconceito e discriminação. Será que eu deveria ser o alvo das conversas de vocês?".

Diana finalmente retornou à conversa, "Eu nunca vi alguém com ego tão grande quanto o seu, Márcio.", "Márcia!", "Tudo que esta escola tem feito por você, que não paga mensalidade, oferecendo oportunidade para que se torne alguém na vida, parece não ter valor.", "Não acho que eu seja orgulhosa, tão pouco ingrata, Diana. Tanto que cumpro com meus compromissos escolares de maneira exemplar. Vocês estão exigindo de mim, ano após ano, desde que assumi minha transição, que eu me tranque sob o disfarce de menino para que os pais dos outros alunos não questionem minha presença na escola". Me senti mal, a conversa, os olhares e o ambiente daquela sala pesavam no meu estômago, me enjoavam. "Liguem para minha mãe, por favor, estou passando mal, quero ir para casa. Pede para ela me buscar", elas se negaram. Diana se levantou, me deu um copo com água, "Toma uma aguinha, se tranquilize que isso é só nervosismo à toa. Senta no banco ali no corredor e espera se sentir melhor para retornar à aula".

Já estava acostumade, elas não ouviriam mais nada que eu dissesse. O rito era eu ficar esperando sentade no banco por uma ou duas horas e depois confirmasse que queria ir embora mesmo para que tomassem alguma providência.

Permaneci ali, observando as trocas de professor, depois o pessoal saindo para o intervalo, e quando todos retornaram eu entrei na recepção e pedi para a secretária ligar para a minha mãe que eu estava me sentindo mal. Ela entrou na sala da Dona Gertes e logo depois retornou, pegou o telefone e avisou minha mãe.

Essas conversas estilo catequese já tinham me enchido o saco. No carro, soltei os cachorros falando das duas idiotas da escola. Eu já estava com uma decisão na mente, mas precisava, obviamente, da adesão dos meus pais ao meu plano. Dei uma de louca. Abusei do escândalo, falei alto, usei palavrões que arrepiaram os cílios da minha mãe ao volante. Ela ficou preocupada de tal maneira que não evitaria uma conversa com meu pai a respeito. Era exatamente o que eu precisava. Uma ampla e democrática assembleia familiar sobre o assunto.

Meu pai chegou do trabalho, me deu oi, me observou por um momento e foi ajudar minha mãe na cozinha. Quando nos sentamos para jantar, todos reunidos, inclusive meus irmãos, começamos a comer e meu pai puxou a isca.

"Fiquei sabendo que passou mal hoje, Márcia?", dei duas mastigadas a mais na batata frita e engoli, "Foi, pai. Tem uma coisa acontecendo na escola que não suporto mais", todos solenemente me deram atenção, a refeição tornou-se secundária, "É bullying, minha filhe?", disse minha mãe, quase na tentativa de encontrar uma solução rápida para o problema, algo que caiba dentro de uma palavra e pronto, "Não, mãe. É pior que isso. Bullying eu suporto há anos, antes de me reconhecer menine. Para falar a verdade, lido bem com isso, sei revidar, eu tiro sarro também. O que vem acontecendo é a falta de aceitação da minha pessoa naquele lugar. Desde meus quatorze anos, quando não me travesti mais de menino, a equipe da escola entrou em pânico. Eles não conseguem lidar com a minha transição, evidente aos olhos de todos, preferiam como acontecia antes, que sabiam de tudo, mas aos olhares da geral: um menino preto, quieto, de blusão com touca na cabeça mesmo no tempo do calor não despertava ódio".

Nessa hora todos já estavam sem comer. Estavam num respeitoso silêncio, atentos à conversa.

"Desde que eu apareço por inteiro, tudo gira em torno de mim. Pais que criticam na entrada e na saída, que exigem dos filhos que não tenham contato comigo, e cobram da coordenação que eu esconda minha personalidade debaixo da minha pele. Então, gente, vamos combinar uma coisa? Esqueçam essa escola para o ano que vem. Eu sei que é o último ano, mas não aguento mais. A gente tem a ilusão que essas escolas renomadas, elitizadas, vão garantir as chances para uma boa faculdade, mas na verdade o trabalho é conjunto: nosso e deles. Convenhamos que vocês fizeram um trabalho muito foda, anos-luz melhor que o deles. Olhem para mim! Eu estou preparade. Neste último ano, podemos optar por uma escola mais barata, ou até mesmo uma pública, pode me matricular que garanto a vaga".

Meu pai chorava, minha mãe também, até meu irmão caçula e o mais velho se emocionaram, um tanto mais contidos. Nos unimos em meio ao choro e às risadas, nos entrelaçando com os braços, sentados na nossa pequena mesa redonda.

"O próximo golpe deles para me afetar seria contra vocês. Eles vão tirar minha bolsa no ano que vem e vocês, preocupados comigo, partiriam para o sacrifício. A partir do momento que essa violência chegasse em vocês, eu não suportaria, algo de ruim aconteceria". A conversa não se prolongou muito. As ponderações de todos foram a meu favor e aquela noite terminou silenciosa e pensativa para a nossa família.

Ainda naquela semana, meus pais foram chamados. Dona Gertes comentou que as rematrículas seriam abertas em duas semanas e que o terceiro ano do ensino médio era o mais decisivo de todos na vida de um aluno. Primordial para a preparação para o vestibular, no qual as atenções da escola estavam focadas e evidenciadas para toda a comunidade escolar. Que a bolsa que os ajudava a me manter matriculada, naquele caro colégio católico, não seria mantida. Uma difícil decisão da direção, em virtude de problemas financeiros, afinal, a escola mantinha inúmeros projetos de caridade junto à diocese da Vila Mariana e estes custos eram cobertos pelas mensalidades.

Meu pai contava satisfeito da sua resposta para aquela megera: "Gertes, eu concordo com você, este último ano do ensino médio é focado nessa preparação para o vestibular. Não sei ao certo se a Márcia vai para alguma faculdade na sequência dos estudos, ou se prefere viver um pouco fora do ambiente escolar e conferir um pouco a vida de frente. Mas sabendo da importância deste ano, em família, nós já tomamos uma decisão que minha mulher prefere comunicar".

Nessa hora eu queria ser um espírito para estar ali presente e enxergar a aura luminosa da minha mãe, tomando conta daquela sala. Queria ver a Gertes na sua essência, sem aquela máscara de maquiagens, penteados e expressões ensaiadas. Queria fazer o eco da fala da minha mãe no seu inconsciente, perturbar sua ideia, tirar do centro essa arrogância e prepotência.

Dona Marilu, Maria de Lourdes, na tranquilidade que Deus lhe ofertou, com a voz delicada e apaziguadora que contorna nossas vidas, olhou a Dona Gertes no seu trono de couro e comunicou a decisão de nossa família: "Não foi uma conversa fácil, sabe Dona Gertes, como bem sabe, a Márcia é uma pessoa de uma capacidade impressionante. A melhor aluna de todas as turmas do ensino médio da sua escola. Então decidimos que ela não será matriculada aqui no ano seguinte. Em hipótese alguma: com bolsa, sem bolsa. Esta escola é pequena para ela. Acho que qualquer escola. A Márcia se construiu como aluna e agora a escola é mera formalidade de documentos para que tenha os certificados, diplomas que vão servir para se matricular na universidade que ela quiser. Agradecemos pelos anos que ela estudou aqui, terminando esse bimestre essa escola será apenas uma parte da trajetória da nossa filhe".

No fim de semana, cumprimos nossa rotina. Sábado era descanso e preparação para o domingo à tarde. Nosso compromisso familiar. O passeio dominical era na Cracolândia. Foi ali que meus pais perderam o primogênito. Murilo, o primeiro de nós que estudou sob a coordenação da Dona Gertes, nos tempos que minha mãe era a bibliotecária da escola e todos tínhamos bolsa 100%. Murilo era um dos caras mais populares do colégio. Bonito, atlético, andava com uma turma rica e problemática. Trocou nosso meio pelo deles. Eu, com seis para sete anos, lá no infantil II, lembro da correria em casa. O crack o levou rapidamente. Foi encontrado morto por um policial perto da Sala São Paulo, numa madrugada, quando os viciados eram retirados para a limpeza da Alameda Cleveland.

Eu, meus pais e meus irmãos já éramos conhecidos daquelas pessoas. Nossa presença não os incomodava. A gente distribuía um copo de sopa, todo domingo, com a ajuda de alguns amigos e parentes. Aquilo não curava o vício de ninguém, mas talvez evitasse que a inanição, que matou meu irmão, afetasse outros.

Naquele domingo, um rapaz retomou a consciência no instante que levei até ele o copo de sopa: "*The Wall*!", ele disse, apontando para a minha camiseta. Ainda surpresa, prossegui na conversa, "Você curte Pink Floyd?", ele mostrou um trapo que carregava junto do corpo, todo embolado, e que algum dia fora uma camiseta da banda, "Eu trampei no primeiro show do Roger Waters!". Meu pai se aproximou. Ele descreveu como foi a primeira vez que um integrante do Floyd tocou *The Wall* no Brasil. O rapaz estendeu a camiseta, para que meu pai visse, e seu RG caiu. Meu pai esticou o braço e embrulhou o documento de volta naquele trapo, "Olha aqui, cidadão, guarda essa camiseta e o documento dentro dela, você pode precisar".

Saímos dali pela Rua Mauá logo depois que terminamos de distribuir as sopas, já estava quase anoitecendo. Em casa, uma parte do pessoal foi tomar banho. Fiquei na cozinha com meu pai. Ele me ofereceu um Bauru. Aceitei. Meu pai é muito bom para montar lanches. Torradinho com queijo derretendo, no ponto! Enquanto a gente comia e trocava ideias sobre o fã do Pink Floyd, perguntei:

"Esse que sou hoje te incomoda de alguma forma, pai?", "Não, filhe. Só me atrapalham as ideias quando eu penso em entrar em sua defesa. Às vezes, penso em apelar pra violência. Deixar essas pessoas marcadas. Fazê-las lembrar do dia que mexeram com você. Aí eu reflito, e freio meu ímpeto. A multidão dos desgraçados quer assistir escândalo. Então eu ofereço a ginga e puxo a rasteira lá de trás sem que percebam. Tem horas que o jogo é truncado, fico mesmo incomodado, mas nunca com você".

Mastiguei ainda mais o Bauru já mastigado na minha boca, ele virou saliva, mas era difícil prosseguir falando. Uma lágrima correu pelo meu rosto, engoli aquela papa. Respirei, uma sensação de alívio tomou conta de mim, havia descoberto naquela hora a fórmula do revide.

NOTICIÁRIO

Dissimular é fingir ter o que não se tem. Simular é fingir ter o que se tem. O primeiro refere-se a uma presença, o segundo a uma ausência.

Jean Baudrillard, *Simulacro e Simulação*

Minha Nossa Senhora é testemunha que eu tentei resistir, mas a curiosidade me tomou. Caí em tentação e montei plantão na janela, que nem os fuxiqueiros da rua. Fiquei atrás do vaso. Coloquei o véu mais fininho da cortina, na frente do rosto, para me camuflar. Quem diria que aqui, na Vila Hamburguesa, juntaria tanta viatura da polícia?

Meus olhos estão até zonzos, parecem rodar junto com essas luzes vermelhas que se refletem nas casas da minha rua. Deus me livre de julgar, mas tem muita gente que nem eu espiando pelo rabo das janelas. Tem porque no zap, do grupo do bairro, as mensagens novas estão disparadas. Todo mundo perguntando o que tanta polícia veio fazer aqui.

Amália contou as viaturas: nove. Todas amontoadas, impedindo o trânsito. Se bem que nem passa carro por aqui, rua sem saída é assim mesmo, só morador. Esse monte de vigia no grupo é porque nessas horas da noite, todo mundo já está em casa, menos o Jurandir, que é garçom. Eu sempre escuto quando ele destranca o portão. As mãos ocupadas com as marmitas que ele traz do serviço. O lixo dele é quase só de marmitas. Amália mandou um áudio outro dia, "Ele nem deve comprar mantimento, Cida", eu concordei. Só não sei se a comida do restaurante é boa.

Eu vou e volto e esse monte de guarda está do mesmo jeito. Será o Benedito! O que tanto esse povo conversa? Todos com arma na mão, uma confusão que só vai aumentando agora com a chegada da polícia de colete preto. "Pela cara do comandante, de boina de lado, a coisa é cabeluda", enviei para Amália.

Áudio da Amália: "Cida! Com todo esse alvoroço de polícia na rua, justo o Rubens foi lá conversar! Logo ele que já tem passagem na delegacia! Lembra quando ele separou da Carla e teve aquele escândalo dela pedindo a pensão das crianças! Ele gritou para todo mundo ouvir que ela saiu de casa porque quis. Não parava nem de pé, caindo de bêbado! Ele não queria separar. Mas era muita briga, né, Cida? Teve o dia que ele bateu na cabeça dela com a vassoura, no meio da rua. Lembra? Vai justo ele falar com a polícia", "Amália, você sabe bem que a Carla não é flor que se cheire. Andava por aí com decote à mostra, perna de fora, um desfrute. Deu no que deu. Tem hora que os homens perdem a razão de tanto que as mulheres deixam eles loucos. Mas aqui entre nós: já vi a Carla saindo da casa deles tarde da noite, um monte de vezes desde a semana passada. Eu tenho a bexiga pequena, Amália, e me levanto muito para fazer xixi. Numa dessas idas ao banheiro, passei pela janela e os dois no maior beijo. Eu te falei que eles iam voltar. Não deve ter mais nada na polícia contra ele", enviei para Amália.

Liguei a televisão, tirei do Canal Aparecida e fui ver se o jornal dizia alguma coisa. Ainda estava passando BBB, pouca vergonha de gente que se tranca numa casa para todo mundo ficar vigiando pela televisão. Não vejo graça, tudo armação.

Voltei depressa para a janela assim que escutei umas pancadas fortes. A polícia estava arrombando a porta da Dra. Ingrid! Minha Santa Luzia, nunca pensei que ia ver isso acontecer! Aquele bando de policial entrando na casa com arma apontada. Só que hoje é terça-feira, ela está de plantão no Zoológico. Uma pessoa tão distinta, que ajuda a castrar os bichos de rua, trata dos mascotes de todo mundo aqui da vila. Vê lá que situação.

Áudio da Amália: "Cida! Arrombaram a porta da Dra! Jesus do céu como que pode! Ela que salvou o gato da Gisele! Lembra? Tinha aquele velho, Valdomiro, recém-chegado na casa que é da família do falecido Vicente. A casa é boa, mas demorou para alugar por causa da briga terrível de negócio de inventário. Gente rica sempre briga por dinheiro, né, Cida? Aí esse senhor foi morar lá. A gatinha da Gisele fazia as necessidades no jardim da frente da casa, e ele teve a coragem de colocar veneno. Lembra?", "Se lembro, Amália, o bichano ficou cuspindo uma baba grossa, meio rosa, virou até os olhos. Ainda bem que a Gisele percebeu logo e já correu na casa da Dra.", enviei para Amália.

Áudio da Amália: "Foi mesmo. Bem hoje no plantão dela acontece tudo isso, meu Cristo Rei!".

Chegou uma nova viatura, sentada no banco de trás estava a Dra., algemada, mãos nas costas, cara séria. Nas janelas da rua, via perfeitamente os rostos iluminados pelos celulares filmando tudo. A polícia levou ela porta adentro. Dona Guiomar saiu de roupão por cima da camisola, tentou até conversar com a Dra., mas não teve resposta. Aposto que ela não sabe onde anda a filha dela. Ela sai todo dia e fica se enroscando no rapaz da pizzaria. Áudio da Amália: "Cida, só por Jesus no céu! Que é que a Guiomar tá farejando ali perto da confusão? Ela pensa que é amiga da Dra.? A filha dela pode até ser, que o tatuado que faz as entregas da pizzaria está direto na casa da Dra, que come pizza pelo menos três vezes na semana. Aí fica ela e o motoqueiro de prosa na porta. Já vi ele entrando lá, com aquela mochila quadrada nas costas, uma porção de vezes. Quando sai, acelera aquela moto que o vidro da minha janela até treme".

Guiomar colocou as mãos sobre a boca, num gesto de espanto, enquanto ouvia o comandante da boina de lado. Logo depois, se afastou e foi para casa enquanto gravava um áudio pelo celular. Áudio da Guiomar: "Gente, estou ainda trêmula com as notícias que recebi há pouco do policial. A Ingrid, veterinária, que fez toda aquela campanha de castração de animais de rua, e que nos chamou pro mutirão de compra de ração em favor da ong que ela trabalha, foi alvo de investigação. A polícia descobriu que ela é uma das principais traficantes de crack! Ela abastece a população inteirinha da Cracolândia. Pode isso, gente?!".

Santa Mãe Misericordiosa! Aquela mulher pequena, loirinha, toda gentil e prestativa que fez até uma excursão para o povo da rua visitar o Zoológico à noite e conhecer os hábitos noturnos dos animais, era uma traficante! Eu seguia ela no Instagram! Cada foto linda que ela fazia do pôr do sol lá no Zoológico! Tinha vídeos com onça, leão, jaguatirica. Sempre estava aprontando campanhas para ajudar os animais de rua.

Ela virou até notícia de jornal quando salvou um gato que estava ilhado em uma lixeira durante uma enchente de janeiro. Foi numa tarde, quando ia para o trabalho na Avenida Miguel Estefano. Nas imagens, que foram mostradas em vários noticiários, ela sai do carro, vai seguindo naquela água barrenta da enchente, e devagar se aproxima do gato. Nesse ponto, a água estava pela cintura. Tinha um petisco na mão e quando ele se inclina para cheirar ela o pega e segura firme junto ao corpo. Depois retornou até o carro, abriu o porta-malas e o colocou numa gaiolinha. E agora, traficante! Esse mundo está virado de ponta cabeça!

Chegou o povo da televisão! Tem mais de um canal. Os repórteres todos tentando falar com o policial de boina de lado, que se ajeita, alinha o uniforme para ficar bonitão na tela. Áudio da Amália: "Cida! Tem até televisão filmando nossa rua! Cruz credo vamos ser conhecido como a rua da traficante! Misericórdia!" Pouco depois que o comandante deu entrevista, os policiais que invadiram a casa começaram a sair com um monte de equipamento de laboratório, caixas com aquelas embalagens de droga, que nem a gente vê nos noticiários. Um atrás do outro iam enchendo as viaturas. Logo depois, sai a Dra. com sua escolta, os repórteres tentam tirar uma palavra dela. Nessa hora, eu vi a Ingrid com uma expressão de raiva. Ela grita alguma coisa e é arrastada para a viatura, que depois tenta manobrar naquela confusão. Foi uma avalanche de flashes, quando ela se enervou. Muitos vindos das janelas da rua, agora todas abertas, procurando o melhor ângulo.

Dias depois da prisão dela, o namoradinho da filha da Guiomar também foi preso. Ele era o entregador das drogas na Cracolândia. A polícia demorou para achar a Ingrid porque estava procurando um homem por nome de Josias. Saiu tudo nas matérias dos telejornais, nas bancas e programas policiais. Numa dessas reportagens, explicaram que na casa dela havia um laboratório, onde ela misturava a droga com porcaria para diluir. Num lote, pego pela polícia, descobriram que tinha biscoito de aveia misturado com o crack e pelos de um felino, acho que de leopardo. Aí que chegaram ao Zoológico e descobriram o esquema da Dra. Ingrid Sotero Josias. Outras pessoas da ONG dela também foram presas. A casa ficou bloqueada por meses, com aquelas fitas zebradas na porta e uma folha de sulfite, que foi amarelando conforme o tempo passou.

No grupo da vila ficou uma divisão. Alguns queriam que ela tivesse colocado chumbinho no meio do crack para matar de vez aquela gente podre. Outros ficaram preocupados com os animais da ONG, que foram para o zoonoses. "Com o tempo, talvez vão virar sabão", disse a Amália. Também tinha o pessoal que disparava montagem de fotos da Dra., como se ela fosse um monstro que matava gente para dar vida aos animais. Eu fiquei aterrorizada. Principalmente quando percebi que o celular dela continuava ativo no grupo visualizando tudo que a gente noticiava.

302.0

Na revisão da Classificação Internacional de Doença (CID) em 1965, o homossexualismo foi inserido no capítulo de transtornos mentais como: desvio e transtorno sexual, sob o código 302.0.

Somente em 17 de maio de 1990 o homossexualismo deixou de ser considerado uma doença e foi retirado da CID.

Logo depois do carnaval de 84 fui internado. Não foi nada que contraí durante a folia. Tudo bem que pulei os cinco dias de festa, mais a quarta feira, ainda em brasa. Fui pego de surpresa, aconteceu tudo de uma forma violenta.

Apareci em casa na quinta-feira, bem mais tarde que a costumeira hora do café. Meus pais estavam na sala. Caras carrancudas, uma que eu já estava habituado, a outra estranhei.

Ele com o jornal no colo, óculos na ponta do nariz, me encarou com um ar diferente, havia um certo desprezo. Era o mesmo de quando olhava para a minha mãe e despejava o arrependimento em ter se casado. Ela não suportou bancar a carranca por muito tempo. Tentava se concentrar no desenho da tela de ponto-cruz de sua revista semanal. Já estava fazendo bordados de Páscoa num pano de prato. Estranhei seu silêncio, seria com certeza alguma solenidade preparada por ele. Conforme a quietude daquele reencontro se estendia, surgiam lágrimas por detrás das lentes dela, que desfazia os pontos errados com certa raiva e a boca trêmula.

Com sorriso embriagado de festa, fala arrastada e equilíbrio duvidoso, me esforcei e consegui lhes dar oi. Alguém precisava quebrar o gelo.

Na sequência, uma avalanche de comentários odiosos que respingavam no jornal dele. Aquela voz grave e alta que meu labirinto, ainda festivo, sentia afetar. Escorei no sofá e me sentei. Lantejoulas de todas as cores deram um tom de vida ao bege do tapete, massacrado pelo tempo. Ela ensaiou se levantar para varrer aquele brilho da sua opaca sala de estar. Ele deu o comando, proibiu. Como se algo tivesse sido combinado anteriormente.

Permaneci naquele cômodo que ressoava sua indignação e vergonha. Então como se chamasse cães para o ataque, ele deu um assovio e entraram na sala três homens de branco. Seus braços treinados me colocavam numa camisa de força. Mesmo vestido de super-herói, não consegui me desvencilhar e desapareci em meio às amarras. Meu grito foi contido na gravata que me espremia o pescoço com tanta força que sentia a pulsação das veias saltadas daquele braço torneado, duro feito pau.

Com o olhar eu tentei as últimas súplicas, mas já afogada nas lágrimas ela só dizia: "Você vai melhorar! Você vai melhorar!". Assim me levaram até um carro que estava do outro lado da rua. Nem o percebi, só pensava em ter a conversa definitiva e seguir para a minha nova vida, longe dali.

Me aplicaram metade de uma dose no braço. Parecia nem fazer cócegas. Estava apavorado, adrenalina a mil, me contorcendo dentro de um saco de pano, afivelado pelos braços. Muitos solavancos no caminho e então chegamos num hospital. Ao entrar na enfermaria, as paredes brancas de azulejo ajudaram a ecoar meus gritos. Não duraram muito, logo deram a outra metade da dose e a letargia me dominou.

Acordei com o sol dentro do meu quarto. Atravessando com força as grades das janelas escancaradas. Sem a camisa de força, estava amarrado em uma cama, com algemas de couro nas mãos e nos pés. Uma contração de raiva, uma vontade de gritar e xingar aquele velho filho da puta subiu pela minha garganta, estava a ponto de explodir quando escutei o barulho dos sapatos no granilite fora do quarto. Me contive.

Entrou no quarto, uma figura de caminhar elegante. Ele puxou uma cadeira, sem clemência ao assoalho, até se aproximar de minha cama. Sentou-se e ajustou os óculos para ler os papéis da prancheta que carregava. Logo depois, se apresentou.

"Boa tarde, Reginaldo, sou o doutor Edgard, psiquiatra aqui do Sanatório Pinel. Vou acompanhar seu tratamento", não permiti que terminasse a frase e agressivamente rebati, "Que tratamento? Eu não estou doente!", o sujeito engravatado, vestido de social dos pés à cabeça, com um corte de cabelo bem militar, me respondeu sem perder o tom moderado, "Conforme o relato do seu pai, e de alguns trechos do seu diário, parece que você está de alguma forma influenciado, confuso quanto a sua identidade. Imagina que é normal sentir atração por homens", – eu que já estava com raiva pouco antes do médico entrar devolvi suas conjecturas sem dar tempo dele respirar, "Não há confusão nenhuma. Sou gay mesmo".

Foi o mesmo que falar com um poste. Apesar de ter mantido até aquele momento como um segredo de diário, já estava decidido que após o carnaval, assumiria de vez a pessoa que eu escondia dentro de mim. Fiz o possível para ser discreto, durante toda minha vida. Tudo para não desagradar o rei do lar. Até que um dia, quando assistíamos ao programa de domingo na televisão, e a Jéssica Blondy foi anunciada como a mais nova jurada do show de calouros, tomei minha decisão. Quase soltei um grito de euforia na hora. O apresentador disse que ela era a campeã de cartas do programa e que agora se sentaria ao lado das figuras que pagavam aos calouros pelo show.

Os domingos se tornaram mais coloridos, pois com a Jéssica no júri, aumentou e muito a quantidade de travestis que se apresentavam no programa e isso me encorajou, resolvi que após aquele carnaval eu não seria mais só Reginaldo.

Em casa todos sempre fizeram vista grossa, mas para qualquer deslize meu, qualquer desmunhecada, susto exagerado, excesso de vaidade, roupa extravagante, meu pai me dava uma surra. Todo esse controle, essa ditadura, estavam com os dias contados. O carnaval seria minha redenção.

Mandei uma costureira fazer uma fantasia do Capitão Gay. Eu estava com o dinheiro contado para pagar. Na sequência eu seguiria para o baile do Juventus. Na minha cisma eu contei o dinheiro e faltava uns cruzeiros. Quando retornei ao meu quarto para ver se havia caído na gaveta, estava lá o senhor meu pai, com as calças arriadas, todo rígido num movimento frenético, observando uma das minhas revistas de homem pelado.

Ele se atrapalhou todo, e antes que pudesse subir as calças e me pegar, enfiei a mão na gaveta, achei o dinheiro e saí correndo para o carnaval com a imagem mais chocante da minha vida em minha mente. Corri feito louco na rua para não dar tempo de escutar ele chamando. Esse foi o meu erro.

Aquele velho enrustido de pai de família, gerente de multinacional, armou minha internação enquanto eu festejava a minha liberdade.

Permaneci amarrado por mais um bom tempo, após a saída do Dr. Edgard, pensei na Jéssica, tentei arrancar o braço da algema, chamava por alguém, pedia socorro, mas só me restava o silêncio do quarto.

Quando ele retornou estava acompanhado por algumas pessoas da sua equipe, inclusive o fortão que me enforcou antes. Tive uma crise de desespero. Impassíveis, empurravam a maca pelo corredor. O doutor seguia na frente com sua prancheta. Entramos numa sala menor num tom azulado. O lugar cheirava a fogo, a luz entrava por dois vitrôs no alto da parede.

A enfermeira que veio até mim com um aparelho de barbear tentou raspar meus cabelos na região das têmporas. Eu gritei, mexi a cabeça impedindo que se aproximasse. Então, o enforcador entrou atrás da cama e puxou meu queixo para cima, me paralisando.

Fecharam a porta da sala e a enfermeira jogou água na minha cabeça tentando molhar as partes recém raspadas. Esbravejei. O musculoso enfiou na minha boca um troço de borracha com gosto azedo que me deu ânsia. Então o Dr., por detrás da minha cama, silenciosamente, posicionou sobre as partes raspadas duas hastes. Em seguida veio uma dor. Tipo uma agulhada que atravessou minha cabeça.

Quando acordei, já não estava na salinha. Senti gosto de sangue na boca, passei a língua e havia um machucado na bochecha, acho que me mordi. O cheiro de queimado era intenso. Meu corpo parecia relaxado, meus movimentos eram lentos, como se acordasse de uma anestesia geral. As amarras já não me seguravam, notei outras camas ao meu lado. Outros corpos. Um deles babava amarrado de lado. Escutei um barulho e lentamente me virei. Havia um outro. Tinha repetidas convulsões, espasmos, não sei ao certo, mas seu corpo se enrijecia na cama e depois relaxava. Permaneci quieto, sem reação, ainda com uma leve dormência intermitente.

Acordei novamente, desta vez mais desperto. Continuava no imenso quarto cheio de camas iguais. Olhei ao redor e havia uma porta grande aberta. Duas folhas de ferro pintadas de bege, combinando com o quarto. As janelas eram altas, impossível ver o lado de fora. O cheiro era de enfermaria, uma mistura de remédio, álcool com um toque de urina. Me levantei. Andei descalço até a porta. Segui, investigando o lugar, por um pequeno corredor que terminava na entrada de um imenso pátio lotado.

O aperto no peito foi imediato. Me senti sem alternativa, como parte definitiva daquele lugar. Meu desespero só aumentava sabendo que a Jéssica estava me esperando. Não tinha ideia como poderia avisá-la. Imaginei facilmente o fim da minha vida observando aquele pátio, tudo tão diferente daquele promissor carnaval.

Recordando daquela imagem do meu pai corri até a casa da Jandira costureira. Paguei a fantasia e experimentei fazendo daquela pequena sala de costura um verdadeiro desfile de carnaval. Sambei, fiz as coreografias do Capitão Gay. Aquela senhora vinda de Aracaju dava gargalhadas dos meus trejeitos. Coloquei a fantasia numa sacola e fui para o ponto de ônibus.

Sentado no 311-C Estação da Luz, meu coração batia forte: era o carnaval da minha libertação. Desci no terceiro ponto da Paes de Barros, já pertinho do clube Juventus. As luzes dos postes começavam a acender e eu precisava me arrumar.

Antes, resolvi comer um salgado numa padaria, olhei bem os que restavam na estufa embaçada de óleo e escolhi o croquete. Pedi uma garrafa de cerveja, que chegou toda suada, parecendo eu, naquele calor de fevereiro. Tomei a garrafa enquanto acompanhava na televisão o capítulo de Transas e Caretas. Chamei o bonitinho do balcão e perguntei se havia um banheiro na padaria que eu pudesse me trocar e fazer a maquiagem. Enquanto ele limpava o balcão com um pano amarelado, me deu uma olhada rápida. Depois recolheu minha garrafa e meu copo. Perguntou o que eu tinha para pagar pelo banheiro. Olhei minha carteira, só tinha os ingressos dos bailes e o dinheiro separado para umas cervejinhas a mais. Tentei negociar como cliente, "Eu estarei todos os dias no Juventus, venho aqui tomar uma cerveja toda noite, vou virar freguês!", ele desdenhou, "Cerveja tem um monte de gente que pede. Não tem nada especial?", matutei um tempo e só depois percebi sua insinuação. Pensei em me ofender, mas voltei atrás e ele me orientou a esperar numa portinha ao lado da padaria.

Ele abriu a porta, eu entrei. Nos amassamos um pouco, depois ele se aproveitou de mim cheirando a pastel frito. No fim da algazarra me levou num banheirinho com espelho pequeno. Foi lá que me troquei e fiz toda a maquiagem que há meses vinha planejando.

Saí da portinha da padaria, todo brilhando de lantejoulas rosa e prata, me misturei aos demais fantasiados que chegavam. Estava radiante, parecia que as luzes dos postes exultavam minha fantasia. As pessoas cruzavam comigo e sorriam, eu devolvia a alegria felicitando cada folião. Entrei no baile e as cores, a música e o balanço das pessoas que já lotavam o salão só refletiam festa e felicidade, tudo do jeito que imaginei. Caí na folia.

Recordar esse momento de frente para aquele pátio de cimento desgastado, cercado de muro e arames farpados, fazia piorar meu medo, senti uma imensa solidão, mesmo num lugar tão cheio.

Alguns ali usavam a mesma roupa que eu, um tipo de pijama num tom pálido que combinava com o quarto. Vários estavam pelados. A circulação por aquele espaço era muito peculiar. Havia os acelerados que gesticulavam e transitavam de maneira descoordenada. Vários estavam deitados, mas não dormindo, apenas deitados. Uns fumavam de maneira faminta. Outros estavam encostados nas paredes, observando o nada, um olhar vazio quase inconsciente. Reparei que alguns me notaram, de relance, enquanto eu caminhava contemplando o lugar. Não eram muitos, pois, a maioria dos que estavam ali não era capaz de notar presença. Um forte cheiro de esgoto circulava em todos os cantos, notei que um determinado espaço do pátio em especial era utilizado como privada.

Também perambulava por lá o pessoal de branco. Circulavam entre os demais, em duplas. Conversavam entre si, e quando percebiam que um ou outro os notava, os cercavam como se fossem pessoas prontas para uma briga. Mesmo os que estavam literalmente fora de órbita pareciam temê-los.

Uma sirene soou e o pessoal de branco começou a organizar uma espécie de fila. Todos em direção à uma janela com grades onde eu enxergava apenas dois braços entregando copinhos de café descartáveis. Me direcionaram para a fila, segui sem resistência. Atrás de mim uma voz me cutucou, "Você tomou o choque? Não olhe para trás!", tremi dos pés à cabeça, "Acho que tomei.", "Dá para ver sua cabeça marcada. Deve ser novo. 302.0?", não entendi a pergunta, "Você é paciente de 302.0?", "Não sei. O que significa?", "Que você assume que é gay. Aqui dentro, o objetivo é convencê-lo do contrário. Para sobreviver bem, tudo depende de duas coisas: primeiro da sua persistência em continuar ser você. Sugiro que demonstre que o tratamento está surtindo efeito, sem cura não receberá alta. A segunda coisa, e mais importante, diz respeito ao quanto a sua família te deseja de volta. Se a vergonha deles não for apagada, não adianta se fingir curado. Vão te manter aqui", eu escutava o sussurro da sua explicação, enquanto a fila caminhava na direção da janela com grade, "Não toma o remédio azul, deixa lá atrás dos dentes do fundo embaixo. Vou seguir pelo lado oposto ao seu, após a medicação nos encontramos lá perto do bosteiro".

Aquela única voz entre os gritos, grunhidos e sons que os demais emitiam me deixou alerta. Meu pai nunca iria superar o nosso último momento. Segui as instruções. Recebi o copinho com os comprimidos azul e rosa. Tomei apenas o rosa. Saí caminhando lentamente e fui para o canto onde o muro era respingado de urina e no chão tinha bosta por todo lado, pareciam estar ali há alguns dias. O cheiro azedo queimava meu nariz. Procurei o dono da voz. Ele me encontrou, "Anda um pouco mais para lá e baixa as calças como se fosse cagar", não sei como assimilei aquele comando, mas segui sua instrução, "Fica tranquilo que esse aqui é o jeito de ficar invisível, ninguém em plena sanidade quer assistir alguém cagando no chão", ali quase frente a frente de cabeça baixa posicionados de cócoras senti muita vergonha. Lembro do meu rosto pegando fogo, mas não havia outra opção. Fiquei encarando a tatuagem de caveira que ele tinha na mão, enquanto falava sobre o tratamento, "Aqui no Pinel muitos como nós da 302.0 já morreram completamente loucos. Seja pela medicação ou pela tortura no choque. A equipe prefere que a internação seja longa, portanto, não se mostre curado repentinamente. Sua chance de sair é remota. Depende muito mais dos teus familiares que da cura total como te falei, mas faz a sua parte: mude os trejeitos, seja mais rústico, másculo, adote uma feição de homem. Vai aos poucos modulando essa persona e sempre se mostre dócil, alguém fácil de se dominar. Sua família precisa disso nos contatos que venham a ter. Para se assegurar de que não será mais um problema", pensei novamente que estava ferrado para sempre, mas ele continuou, "A outra forma de sair daqui é adquirindo alguma doença que não seja tratável nesse lugar, assim terão que removê-lo do Pinel para alguma outra instituição não psiquiátrica de onde pode tentar uma fuga. De qualquer maneira só conseguirá a transferência se entenderem que está emocionalmente sob controle".

Chorei. As lágrimas corriam e pingavam no chão fedendo a merda. "Não chore!", ele alertou, "Chorar demonstra que está avaliando sua situação, que sabe o que está perdendo preso aqui. Não demonstre inteligência. Permaneça neutro, sério e tenha atitudes coerentes, faça-os entender que a medicação que está tomando surte o efeito de amansar suas opiniões e reprimir quem você realmente é. Engolir o comprimido azul é perder boa parte da noção. Como ter uma consciência parcial. Sem autonomia, você corre o risco de disparar algumas verdades que vão te levar a outros medicamentos, beco sem saída, não engula. Caso tenha que engolir, provoque o vômito e tire isso do seu estômago".

Respirei fundo, precisava de tempo para assimilar tanta coisa, a voz continuava falando, aproveitando aquele curto espaço de tempo privativo, "Se prepare, pois em breve, vão te dar mais um choque. Não dá para escapar. Faz parte do protocolo. Caso esteja consciente como agora, te ajudo a arrumar outra doença. Não podemos ter mais contato daqui em diante. Se misture e boa sorte". Ele se levantou deixando um monte de bosta no chão. Consegui apenas fazer xixi. Me levantei e fui para longe do bosteiro.

Tentei apagar tudo que me cercava nos primeiros dias, buscando na lembrança o primeiro baile do Juventus, aquele momento do trenzinho que iniciou logo que a banda puxou "Abre alas". Eu fui a locomotiva! A noite já havia passado e a madrugada reinava naquela festa. Senti uma unha apertando minha cintura, olhei para trás e a pessoa se desculpou sorridente. Quase tive um ataque de gritos, era Jéssica Blondy, toda montada, linda, loira, que estava atrás de mim no trenzinho. Coloquei a mão sobre a dela e acelerei. Fiz curvas, caracóis, entramos entre casais, circulamos pelas mesas, o baile parecia ter parado para ver tudo que o trenzinho aprontava.

Conforme as pessoas foram desistindo do trem eu consegui arrastá-la para um canto do bar. Minhas pernas latejando de tanto pular, também bambeavam por estar olhando para Jéssica. Começamos uma conversa de pé de ouvido, para superar o som da bandinha. Ela me disse que já havia me visto no clube, na piscina, fiquei surpreso que não percebi. "Eu tava de menino né!", ela respondeu pertinho da minha orelha me deixando arrepiado.

Conversamos tanto. Expliquei para ela que aquele carnaval seria meu ponto de virada, hora de me revelar ao mundo e o quanto ela me inspirou para tomar aquela decisão. Com a mão no meu rosto, ela foi falando no meu ouvido: "Meu lindo, eu acho sua atitude muito corajosa, mas não se iluda. Nada será fácil daqui em diante. Dificilmente poderá contar com a sua família. Falo por mim, pois quando decidi contar para os meus familiares num almoço de domingo foi foda. Estavam presentes meus tios, primos, avós. Comemos pra caramba e depois os adultos ficaram conversando na mesa. Aproveitei que estava com meus primos e resolvi me abrir primeiro para eles. Maria Helena, Rosemeire, Carlos Eduardo e Alexandre. Fui devagar, tateando a fala para não ser direto. Contei que me sentia desconfortável como homem, que não conseguia sentir atração por mulheres e observei as reações acontecendo. Meus primos se afastaram, como se eu fosse atacá-los. Parecia que eu estava passando uma cantada neles, com desejo. Já as meninas tinham um ar mais sério, atentas à minha conversa. Quando disse finalmente que era gay, quando usei esta palavra, os rapazes correram gritando pelo quintal, desprezando meu pedido de discrição. Gritavam que o Jorge é viado, o Jorge é viado".

Eu conseguia enxergar sua expressão, era como se ela estivesse na minha frente de novo. Tão magnífica de Barbarela. A levei de volta para o centro do salão, para que recuperasse o sorriso. Creio que me confundi com os demais de fisionomia perdida no tempo que pairavam naquele pátio cinza e fedorento.

Eu já estava há mais de uma semana internado, se minhas contas não falharam, e meus pais não fizeram nenhuma visita. Aquele velho não daria oportunidade para eu contar para minha mãe que por detrás dos ternos, da figura bem-humorada e moralista das reuniões familiares, não se escondia apenas o cara violento de fala áspera que já havia feito eu e minha mãe de saco de pancadas. Existia também alguém que mal conhecíamos, fã das minhas revistas masculinas.

A sirene tocou. Fui retirado da fila. Me levaram para a enfermaria onde me prenderam novamente numa maca. Lembrei da voz, precisava modular minha reação, mas não sei o que aconteceu logo após essa lembrança. O segundo eletrochoque apagou da minha memória esse tempo que antecedeu o procedimento. Só tenho certeza de que aconteceu, pois havia uma casquinha formada da nova queimadura do choque. Senti fome, a sensação era que não me alimentava há dias. Comi com voracidade a refeição insossa servida no Pinel, ela só servia mesmo para encher a barriga. Mais tarde, ainda nesse dia, eu tropecei e derrubei um interno que respondeu com violência à minha trapalhada. Começou a me bater e acho que gostou do fato de que eu, ainda meio lento, não conseguia me defender direito. Não só ele, mas alguns que estavam andando junto se aproveitaram para descontar a raiva acumulada em mim. Eu já havia apanhado do meu pai e de um ou dois valentões na vida escolar, mas a sensação de apanhar de três adultos de uma só vez foi bastante dolorosa. Assim que as pancadas começaram eu consegui me abaixar protegendo minha cabeça. Não sei direito quanto tempo tudo durou, escutei a voz gritando alguma coisa, e logo depois o pessoal de branco os interrompeu.

Na maca da enfermaria lembrei do que aconteceu com a Jéssica. Ela contou quando estávamos na casa dela, após a primeira noite no Juventus. O dia estava amanhecendo e nós deitados no sofá, com as cabeças juntas, voltamos a falar dos acontecimentos do almoço de família.

"Depois que os meus primos anunciaram para os demais sobre nossa conversa, fui cercada pelos meus dois tios e meu pai. Minhas tias vieram em socorro das minhas primas, que não expressavam reação alguma. Minha mãe pedia calma para o meu pai. Quando tentei me explicar, tomei um soco na cabeça e logo em seguida uma avalanche de porrada na frente de todos!", ela não sabia explicar como seu amigo da escola, Ronaldo, a resgatou. Quando deu por si estava deitada numa cama, dos avós dele. "Não conseguia abrir meu olho direito, até hoje meio caído. Minha roupa estava empapada de sangue, meu dentes estavam moles, alguns quebrados. Quando consegui me levantar e vi no espelho do banheiro minha cara deformada, me assustei. Eu chorava, meu rosto não se contorcia. Não consegui ficar muito tempo de pé e precisei me deitar novamente de tanta dor. Tiveram que me limpar deitada na cama, banho de toalha molhada que saiu vermelha de sangue".

Assim os avós do Ronaldo a ajudaram, antes de ir ao hospital. Eles insistiam que fizesse boletim de ocorrência. Jéssica preferiu ficar em silêncio e se recuperar longe da família em definitivo. Ficou morando por alguns meses ali com Ronaldo, abandonou a escola. Só teve contato com a mãe para pegar umas mudas de roupa e seus documentos. Começou a trabalhar numa lanchonete na Santa Cecília e nos turnos da noite conheceu as travestis que faziam show numa boate. Logo ela começou a fazer jornada dupla, saindo da lanchonete e dançando na noite. Renasceu e surgiu para o mundo, para o estrelato na televisão. Diferente de mim que permaneci sei lá quanto tempo com aquela roupa do hospital, suja de sangue, com manchas marrons já impregnadas no tecido.

Ainda bem que a voz gritou pelo pessoal de branco antes que a surra se prolongasse demais. Foi a última vez que eu o escutei. Percebi anos depois, graças à tatuagem de caveira, ele transformado tal como os demais ali do pátio, lançando olhares turvos e sem foco, que não percebem, não se importam. Todos que chegam nesse estado são manejados como rebanho que se alimenta, defeca e paira durante o dia. À noite se amontoam para dormir ou desenvolvem hábitos particulares, perambulando pelas camas e corredores, hipnotizam-se com a simples claridade da lua e assim desfalecem pouco a pouco. Meu medo em terminar daquela maneira e não rever a Jéssica aumentava.

Passamos o melhor dos carnavais juntos nos quatro dias pulando, cantando, amando um ao outro. Eu pressentia que minha vida seria tão boa dali em diante. Prometi que falaria com meus pais, depois pegaria o que pudesse e me mudaria para o apartamento dela. Foi forte nosso contato, nosso fogo, nossa paixão. Foram longas e agradáveis nossas conversas.

Me apeguei a essas lembranças e possibilidades por muito tempo, as fazendo duelar com a realidade dos medicamentos, com as conversas sem sentido do Dr. Edgard, e com a violência entre os que frequentavam o pátio, os quartos, os banhos e o refeitório comigo. Essa maçante rotina foi minha vida por tempo demais. Nunca mais vi ninguém da minha família. Segui evitando os comprimidos azuis e vivendo um teatro de alguém que apenas figurava como mais um daqueles tantos. Presenciei a morte, as chegadas e partidas tantas vezes que não consigo mensurar. Até que um dia, logo pela manhã, fui levado até a enfermaria central e lá estavam várias pessoas, inclusive a Jéssica. Ela chorou quando me viu naquele pijama surrado, barba comprida, olhos fundos e muitos quilos mais magro.

Houve uma discussão acalorada, assinei um papel. Jéssica me abraçou e segui junto dela e dos demais para a saída do Pinel. O sol me cegou por um momento, a rua estava movimentada, barulho de carros e passarinhos eram estranhos. Entrei no carro – que banco macio. Começamos a rodar e todos comemoravam entusiasmados. Permaneci contido. A Jéssica pegou no meu rosto com suas delicadas mãos, me obrigando a olhar no olho e me disse: "Você está finalmente livre, meu bem! Não somos mais doentes!", senti um aperto no peito, chorei contido e disse a primeira palavra fora do Pinel. "Obrigado". Era 1990.

O carro dá uma freada brusca, daquelas que cantam pneu. Me assustei, achei que alguém veio me buscar, ainda estávamos nas proximidades do Pinel. "Quase atropelei esse cidadão!", disse o motorista. O rapaz corre, eu o reconheci. Vivia pedindo pelo seu RG. Com certeza mais um que não tomou o comprimido azul.

BANDOLA

Art. 1º É instituída a Lei Brasileira de Inclusão da Pessoa com Deficiência (Estatuto da Pessoa com Deficiência), destinada a assegurar e a promover, em condições de igualdade, o exercício dos direitos e das liberdades fundamentais por pessoa com deficiência, visando à sua inclusão social e cidadania.

Artigo primeiro, caput, da lei nº 13.146, de 6 de julho de 2015

Na primeira parte da ladeira da Iguará, o embalo da bike não é grande. Ela acelera mesmo da metade para frente, depois do cruzamento com a Costa Barros. O embalo é cabuloso e vai aumentando. O auge da velocidade é na parte final, onde o cabelo voa mesmo, sinal que está chegando a curvona, que empurra a bike para a esquerda. Tem que ter a manha para controlar. O coração bate no pescoço. Atenção e sorte são a chave para não acontecer o pior.

Depois da escola, todo tempo era precioso. Eu engolia o almoço e depois pegava a bike. Eu, Chará e o Binho. A gente andava longe, muitas vezes chegava até São Caetano, descendo a Rebelo a milhão. Cada um tinha sua bicicleta: a do Binho era uma BMX azul e preta, muito linda, com rodas cromadas, o Chará pilotava uma Calói Cross amarela, branca e preta. Eu, uma Freestyle branca.

Outra descida muito da hora era da Ielmo Marinho, indo para o Julieta. Era curta, mas bem íngreme, misturando piso de asfalto e paralelepípedo. Ali nas redondezas ninguém pegava a gente no pedal, nosso território era: Vila Ema, Parque São Lucas, Prosperidade, Independência, Vila Zelina, Vila Alpina e Califórnia. Cada dia a gente pedalava para um lado.

Naquele ano ia ter Copa, o Telê tinha convocado a seleção. A molecada das vilas estava em frenesi. Faziam vaquinha, batendo de casa em casa, para comprar tinta, pincel, cal, brocha. Juntavam tudo que tinham só para decorar as ruas. As cores que dominavam eram: azul, amarela, verde e branco. Toda paisagem se modificava: pintavam as guias, os postes, até onde se alcançava, e o chão do asfalto era uma tela preta perfeita para o contraste e a imaginação dos artistas.

Quem tivesse o melhor desenhista chamava mais a atenção dos pedestres e do pessoal de carro. Na Três Pedras tinha um moleque que pintou o mascote da Copa, um bonequinho verde de sombreiro mexicano e bigode. Na escola, em dia de jogo do Brasil, nem tinha aula, meus pais também saíam mais cedo do trabalho.

Eu e meus amigos sempre preferimos a bicicleta à bola, mas na Copa eu tirava minha camiseta da seleção do armário e saía para as bandolas uniformizado.

Durante os jogos da seleção era a melhor hora para dominar as ruas. Tudo vazio, deserto. Podíamos seguir a rua das Giestas na contramão empinando sem medo. No terceiro jogo, a gente foi tão longe que desceu a Paes de Barros inteira. Dominamos todas as pistas, até a do busão, lado a lado com vento na cara: donos da cidade.

Todo mundo dizia que a seleção do Telê jogava o futebol arte: toques bonitos, sempre atacando e deixando os adversários perdidos na habilidade de seus jogadores. Naquela tarde de segunda-feira, escutamos a primeira comemoração: gol do Brasil. A gente estava perto do cemitério da Vila Alpina, descendo pela avenida Zelina e derrapando lá embaixo, riscando o asfalto de borracha, quando ouvimos os gritos. Quem deixava a marca mais longa era o vencedor. O pneu ficava um arregaço.

Veio o segundo gol. A comemoração foi mais eufórica. Pelo jeito a Polônia estava tomando um baile da nossa seleção. O Araquém iria com certeza aprontar na sua vinheta na televisão. O Binho ganhou uma camiseta da bandeira do Brasil igual a dele.

Pedalamos de volta e entramos na pracinha em frente ao cemitério, descemos a avenida do crematório e fomos acelerados na direção da Anhaia Melo. Chará quase deitou a bike no chão fazendo a curva na rotatória, foi dali que ouvi o terceiro gol: "Três a zero!", gritei, embalado à frente dos outros.

A curva em cotovelo para a direita seria um desafio. Eu já estava ajustando a manobra e não percebi o carro com uma enorme bandeira do Brasil que acelerava na avenida, buzinando e comemorando a goleada que se anunciava. Meus freios não deram conta de segurar o embalo.

Despertei no quarto do hospital. Minha mãe e meu pai estavam perto. Me abraçaram emocionados, "Quanto o jogo terminou pai?", "Qual jogo?", "Da Polônia?", "Foi quatro a zero, Taketsu. Mas na semana passada o Brasil perdeu da França nas quartas de final e ficamos fora da Copa", que papo louco, eu pensei. Notei que meu braço não mexia. Não consegui nem mesmo me virar na cama, "Eu não consigo me mexer, *Okaasan*!", "Ahhh, *Musuko*, precisa ser forte agora. Você estava dormindo em coma por mais de duas semanas. Seu acidente foi muito sério e por enquanto não está mexendo nada do pescoço para baixo". Nunca mais saí de bandola.

Hoje é dia de feira na Vila Alpina, em frente ao Grupo Azul, nosso ponto desde o tempo do meu avô. Acordei às quatro da matina, para terminar de colocar os recheios nos pastéis. Meu irmão, meu sobrinho e meu primo estão carregando a Kombi. "Taketsu, o bujão de gás lacrado está aí no fundo?", "Tá aqui do lado do galão de água", respondi, enquanto ainda me espreguiçava.

Não foi fácil chegar até aqui. Quando eu saí do hospital, ainda paralisado do pescoço para baixo, minha casa teve que ser adaptada. Meu quarto foi transferido pra garagem. Ficou muito mais fácil, pois eu tinha tantas terapias para fazer que não compensava o esforço de subir as escadas do nosso sobrado. Meu pai se transformou em cuidador. Ele tinha força para me transferir da cadeira para a cama, ou para o carro.

Senti falta da escola. Parei de estudar na sétima série. Meus amigos apareceram só algumas vezes mais. A primeira vez que o Binho e o Chará vieram me visitar eu já estava a uma semana em casa. O Binho teve medo de encostar em mim, o Chará não conseguia me olhar, conversava mexendo nas coisas da garagem. "Você vai voltar a andar?", ele perguntou, baixinho, "Não sei, Chará, pela minha situação parece que não, mas tudo depende da inflamação da medula. Se ela regenerar, eu volto". "Eu achei que você tinha morrido ali mesmo na Anhaia Melo. Foi uma puta pancada no Carro. Você voou até bater no muro do Friedenreich!", "Caralho, Binho!", "Foi foda, Taketsu. Sorte que o cara do carro te pegou na hora e enfiou no carro para levar no hospital", nisso, meu pai, que trazia uns bolinhos de carne, entrou na conversa, "Isso foi errado. Não pode pegar a pessoa no colo. Tem que deixar parado até chegar a ambulância. Inflamou tudo do jeito que eles pegaram para socorrer". Ele saiu em seguida deixando os três em silêncio. Meus amigos comeram os bolinhos e depois foram embora. Apareceram mais algumas vezes, então se transformaram em pessoas conhecidas. Rostos familiares na barraca da feira, acenando com a cabeça e levando seus pastéis.

Passei minha adolescência na garagem, assistindo televisão e filmes no vídeo cassete dia e noite. Conseguia fazer quase tudo com um tubo de metal que tinha uma ponteira de plástico mole. Eu usava para mexer nos controles. Dependia da minha família para trocar as fitas, comer, beber, tomar banho e passar a sonda para as minhas necessidades. Fiz muita fisioterapia, terapia ocupacional e acupuntura. Eram os momentos em que encontrava pessoas que não eram meus familiares.

Foram dois anos, talvez um pouco mais, para começar a sentir algum formigamento no peito e nos braços. Me animei, dei um gás nas terapias e consegui retomar o movimento da parte superior do corpo com muito esforço. Mexendo os braços ganhei muita independência e mobilidade. Tocava minha cadeira sozinho, não ficava só na cama. Aprendi a fazer umas manobras no cimentado da entrada. Eu acelerava e travava as rodas para dar um giro de 180! Voltei a estudar, fui fazer supletivo para acelerar o tempo que eu tinha perdido. Escrever ainda era uma coisa bem difícil, sentia queimar o antebraço dependendo da quantidade de matéria. Foi lá que conheci o Tomás, um cabeludo que vestia uma camiseta da Bones. Eu era ligado nos esportes radicais. Ele dirigia um fusca, já era maior de idade, e se tornou um grande amigo meu. Morava na Baía Grande, bem perto de casa, me influenciou muito levando vídeos e discos de bandas de rock. A vitrola da nossa sala migrou para a garagem, que se tornou definitivamente meu canto.

Deixei meu cabelo crescer até os ombros e comprei uma bateria, dava perfeitamente para eu tocar sem as pernas, adaptando os pedais no surdo, exatamente o oposto que fez o Rick Allen do Def Leppard, que perdeu um braço e passou a fazer caixas e tons com os pés.

Nem tudo foi bacana. Quando retornei à série escolar da minha idade, fui transferido do supletivo para a escola convencional. Retomar esse convívio foi uma das piores experiências. No supletivo o pessoal era mais velho, com uma visão diferente de vida. Todos tinham superado algum obstáculo para estar ali. O Tomás mesmo havia perdido o pai para a bebida e precisou começar a trabalhar ajudando a mãe a passar roupas. Ele buscava as roupas nas casas dos clientes e carregava tudo no topo da cabeça numa enorme sacola de feira. Quando ela terminava de passar, ele levava tudo de volta, dobradinho. Comentou comigo que chegou a atender clientes até da Prosperidade. Depois foi vender roupas e tênis com um tio lá na General Carneiro. Aí conseguiu juntar o dinheiro para comprar o fusca do primo dele.

Na escola convencional a história foi outra. Primeiro a sala de aula teve que ser transferida para o andar térreo, onde ficavam as classes das crianças. Estávamos ali no terceiro colegial, num corredor todo enfeitadinho de murais com folhas pintadas, carimbos de mãos e trabalhos de recorte e colagem. Os professores chegavam putos na sala, tinham que subir e descer os três andares de escada. Nas aulas de educação física, eu só servia para segurar a prancheta do professor, ou anotar informações na súmula enquanto os demais jogavam salão, basquete, vôlei ou handebol. Foda mesmo, era passar a sonda. Minha cadeira não passava na porta das cabines. Então eu enfiava a cadeira no canto da parede, entre a pia e as cabines. Sem acesso à privada, a bolsa ficava cheia e eu tentava durante a aula escondê-la de alguma forma debaixo da roupa. O cheiro muitas vezes incomodava o pessoal.

Somente um, dos mais de cinquenta da turma, conversava comigo, o outro cabeludo que percebeu que eu era do metal. Ficamos amigos. Paulo tocava guitarra, e com ele o trio estava formado: eu, Paulo e Tomás. Começamos a ensaiar na garagem de casa toda segunda e terça para não atrapalhar a agenda das feiras. Nosso trio foi batizado Fúria sobre Rodas.

Logo no início dos anos 90 muitas bandas que a gente curtia começaram a fazer shows em São Paulo. Teve um muito foda de uma banda da Alemanha perto da gente no Teatro dos Vampiros, na Mooca. Fui no show e praticamente não dormi naquela noite. Tive que ajudar minha família no dia seguinte. A gente fazia ponto na entrada do metrô Bresser, só dei um cochilo de duas horinhas. Pior que eu, só o cidadão que perdeu o último metrô depois do show. Deve ter dormido na rua. Ele comprou um pastel na banca antes de embarcar de volta para a casa. Marquei bem ele por causa da camiseta do Pink Floyd. Foi nesse dia mesmo que recebi um panfleto da São Judas, uma faculdade ali perto. Tinha um curso que me interessei: Artes Visuais.

Ao longo do tempo, nos intervalos entre fritar pastéis, fazer fisioterapia e ensaiar com a banda, comecei a desenhar. O Akira acabou me influenciando muito nisso. Aquelas imagens do Tetsuo perdendo o controle da mente, desintegrando o corpo, que ele substituía por pedaços de metal, fios, me faziam viajar.

Queria trocar minhas pernas finas e moles por outras mais fortes. Assim, meus personagens foram nascendo com suas imperfeições à vista de todos. Um tinha uma lente de filmadora no lugar do olho, perdido numa briga de bar, tornando-se um policial do futuro. Tinha o corredor com pernas de molas, e mais um monte deles que tomavam forma num traço rústico, que fui refinando com o tempo e com estudo.

Prestei vestibular na faculdade que oferecia elevadores para acessar as salas, mas somente no de cargas minha cadeira conseguia entrar e manobrar. Fiz a prova do vestibular com prancheta no colo, eles não dispunham de mesas adaptadas. Na prova de aptidão, não havia bancadas na altura adequada para eu fazer os desenhos solicitados e mesmo assim, desenhando sobre as coxas, eu passei.

Todos os dias eu dividia espaço com o pessoal da zeladoria no elevador de carga, depois seguia por um corredor até uma porta que não parava aberta. Tinha que passar por ali e depois subir sete degraus, que levavam à outra porta para chegar no ateliê. Teve um dia que o professor Augusto, apressado, reclamou que algumas pessoas, as de sempre, atrasavam o início da aula. Elas estavam me ajudando a entrar na sala, segurando as portas e sustentando a cadeira de rodas. "Se não for atrapalhar, eu preciso dar conteúdo. Hoje vamos trabalhar realismo e isso leva tempo".

Além de algsuns dos professores, na sala mesmo tinha um pessoal que me odiava, pois mesmo sem alcançar as bancadas eu fazia meus trabalhos muito bem. Rolava sempre uma disputinha. No terceiro ano, já havia mais três pessoas com deficiência na faculdade. No ano que me formei, as obras de acessibilidade iniciaram no campus. Na minha formatura, fui o único a não subir no palco do auditório. Recebi meu diploma depois de todos, chamados em ordem alfabética, quando então o paraninfo e reitor desceram do palco: "André Taketsu".

Consegui me firmar através da arte. Eu estava de bobeira com Tomás na porta da minha casa, trocando uma ideia, e aí passou uma turma de moleques de skate. O barulho das rodinhas no asfalto anunciava a chegada deles. Teve uma menina, a única do grupo, que tomou um capote tão violento que veio se ralando toda até bater contra a minha cadeira. Sorte que estava de capacete e joelheira. A turma tirando o maior sarro da cara dela, que me pediu mil desculpas. O desenho do shape dela ficou todo ralado. Pedi para dar uma olhada. "Deixa esse shape aqui que eu vou dar um talento nesse desenho", ela confiou. Seguiu a pé com os amigos. Eu tirei as rodas, lixei tudo que sobrou do desenho antigo e, como estava acostumado com as pranchetas da faculdade, não foi difícil desenhar naquela madeira.

Quando entreguei para a menina, ela pirou. Fiz um crânio abandonado num deserto, quase coberto de areia. Ela queria pagar, eu recusei, mas a filha da mãe ganhou um torneio em São Caetano e apareceu uma porrada de encomendas de desenho. Não demorou muito um cara que fabricava shapes me procurou e me contratou para criar uma linha exclusiva e aí não parei mais.

As pessoas sempre tomam um susto quando percebem que o artista não anda. Hoje as ignoro. Minha arte transcendeu o skate, já fiz grafites em muros, prédios, pontes e viadutos. Dei meus pulos, sem sair do chão. Minha arte chegou em lugares que nem imaginava. Percorreu distâncias que nenhuma bandola me levou.

VÍRUS

[...] *Os ratos são nossos, as soluções têm que ser nossas. Por que botar todo mundo a par das nossas mazelas? Das nossas deficiências? Devíamos só mostrar o lado positivo não apenas da sociedade, mas da nossa família. De nós mesmos.*

[...] O senhor, que é um candidato em potencial, desde cedo precisa ir aprendendo essas coisas, moço. Mostrar só o lado positivo, só o que pode nos enaltecer. Esconder nossos chinelos.

Lygia Fagundes Telles, *O seminário dos ratos*

Sem opção, parei numa filial dessa franquia que contamina a cidade para pegar meu café da manhã e uma marmita para o almoço. Estou oficialmente atrasada para o trabalho.

Uma pequena fila no caixa faz minha ansiedade chegar nas alturas e meu celular vibra com as notificações de mensagens do Iago. Quando leio a notificação, resolvo abrir o aplicativo. A reunião foi transferida para o final da manhã. Apesar da boa notícia, de não estar mais atrasada, meus nervos gritam que isso poderia ter sido decidido no dia anterior, para que eu não precisasse levantar tão cedo. Quando vai chegando minha vez no caixa, faço as contas para saber como dividir entre crédito e débito a despesa, incluo o estacionamento na equação. Se tivessem me avisado, viria de ônibus e metrô como todo santo dia.

Saio apressada da lojinha, pago o estacionamento e sigo para a Assembleia. O segundo duelo começa: encontrar uma vaga que não seja zona azul, esteja próxima da ALESP e num ponto que não seja dos mais atrativos para os ladrões de carro. Só posso contratar um seguro depois de finalizar as parcelas do financiamento.

Encontro uma vaga perto do Colégio São Luiz, uma boa caminhada, mas pelo menos o lugar tem movimento. Andar de salto em São Paulo é para poucas, nessas horas, lembro do deputado quando decidiu votar contra o projeto de revisão das calçadas do centro, "É um projeto da oposição", ele disse, jogando a pasta de volta para mim, nem se dando ao trabalho de ler.

Quando chego na Assembleia estou suando, caminho até o gabinete, só a Roberta está por ali, pergunto se ela tomou café e ela responde que sim, sem tirar os olhos do computador. "O que está vendo?", "O deputado naquele vídeo da Cracolândia", "Ah", o mesmo que um rapaz na fila do caixa assistia. Não aguentava mais esse vídeo, afinal, eu que filmei, editei e fiz todo o trabalho de compartilhamento. Fui ao banheiro, depois tomei café da manhã.

O grupo "Diversão", que eu e outros assessores parlamentares criamos para extravasar nossas angústias, estava bombando. O pessoal recebeu a informação do adiamento da reunião do partido. Todo mundo puto. Começo a mexer no meu trabalho: respondo e-mails de prefeitos que solicitam emendas para as suas cidades, depois relaciono tudo num arquivo só para que o Iago possa avaliar e assim darmos andamento. Imprimo os protocolos de recebimento das pautas da casa, verifico as reuniões das comissões que o deputado faz parte e depois disso começo a preparar o roteiro do próximo vídeo da Cracolândia.

Quando Iago chega, perto das 10h30, me chama em sua sala. Levo tudo que preparei para despachar com ele. Iago era um cara legal, quando não estava próximo do deputado. Ele assinou os protocolos, despachou para a secretaria os compromissos oficiais e ficou com a lista dos e-mails das prefeituras para analisar. Então leu minuciosamente o roteiro que escrevi. Discutimos a quantidade de câmeras e os possíveis cortes. Ele elogiou algumas falas e me devolveu para que fizesse as correções que combinamos.

Antes de levantar, ele pegou na minha mão: "Dani, esse mês precisamos de uma contribuição um pouquinho maior de todos daqui do gabinete. 30%. O partido precisa muito se capitalizar para que a gente possa continuar por aqui", eu só sacudi a cabeça, dando positivo. Saio da sala calculando minhas parcelas versus meu salário diminuído em 30%.

Não demorou até que os integrantes do grupo "diversão" lamentassem também sobre seus salários diminuídos. "Isso que dá ajudar primo de namorada que virou político! Tome contribuição!", a fala do Carlos recebeu vários emojis com zíper na boca e com olhos revirados para cima. Eu ainda estava em Nárnia fazendo minhas contas, quando o Iago sai rapidamente e me chama, "Ele chegou!".

Robertinho desce de seu carro, placa preta da ALESP. Caminha com uma postura elegante, disfarçando o duelo com a gravata, que ajusta à perfeição para compor o visual. É seguido de perto por Iago que carrega a mochila dele. O paletó e algumas pastas com documentos ficaram sob minha responsabilidade.

Assim que firmou o nó, pediu o paletó num gesto com a mão que estava livre. Na outra, o dedão do parlamentar lambia a tela do celular, que estava tocando. Era o líder do partido, o veterano de oito mandatos, Odorico Piedade, "Meu líder! Bom dia, meu amigo. O que manda?", pela forma com que o deputado segurava o telefone, um tanto afastado do ouvido, percebi que era bronca. "Meu Líder! Se acalme, meu querido, o vídeo que fizemos teve amplo engajamento nas redes sociais. Está acompanhando?" Enquanto se reveza em ouvir gritos e responder com uma cordialidade cênica, o deputado termina de se arrumar. Totalmente paramentado, atravessa a catraca de entrada da Assembleia. Segue gesticulando com sorriso falso ao telefone, na tentativa de acalmar o veterano correligionário, subindo a rampa da entrada principal e se encaminhando direto para o gabinete da liderança.

Quando entramos na sala de reuniões, uma verdadeira comitiva estava montada à nossa espera: os seis deputados eleitos da nova safra do partido e, rodeando os jovens, cinco veteranos sentados em poltronas confortáveis, pernas cruzadas e expressões sisudas.

Iago puxa uma cadeira, Robertinho toma o assento e Iago coloca à frente do deputado o computador, eu ajeito a pasta de documentos. Depois, vamos para um canto da sala com os demais assessores.

Com todos os convocados nas suas cadeiras, Piedade abre os trabalhos da manhã. Cumprimenta os presentes na mesa com cordialidade.

"Devido aos recentes fatos, causados pelo vídeo do deputado Robertinho, estamos reunidos. É preciso que seja estabelecida uma dinâmica que não prejudique nossos projetos partidários. Parece que vocês, novatos, não compreendem. Quem manda é o partido, vocês representam e trafegam nos caminhos que o partido conduz. Foda-se, com o perdão da palavra, querido Abdalla, meu presidente, foda-se essa coisa de seguidores! Isso é à parte das decisões. O vídeo do último domingo, no qual o Sr. Robertinho, sem consultar ninguém da cúpula, resolveu soltar nas redes sociais, explodiu como uma bomba, que agora está nos causando um enorme prejuízo. Eu vou explicar detalhadamente para que os senhores compreendam o problema."

Nesse momento, Piedade escarra uma ordem para uma mulher, integrante de sua assessoria, para que baixe o telão e inicie o vídeo ao qual se referia. Sem perícia e pressionada, ela se confunde com os controles, dispostos à mesa, desligando o ar-condicionado. Toma um novo xingamento, não resisto e me aproximo para socorrê-la. Baixo o telão, enquanto ela regula a luminosidade da sala. O deputado Piedade solta outro grito, me tremo de susto, "Coloca a porra do vídeo!". Ela pergunta: "Qual vídeo o senhor quer ver?", antes que ele prossiga com a gritaria acesso o referido vídeo pelo YouTube.

No vídeo, o deputado Robertinho está percorrendo as ruas da Cracolândia, mostrando as pessoas usando crack, entrando no transe da droga. Como narrador, ele descreve a degradação do lugar de forma bastante direta. Depois, aborda um cidadão: aparência cadavérica, sujo, cabelos desgrenhados, vestindo uma camiseta do Pink Floyd, mostrando para ele uma pedra de crack. Robertinho começa, então, uma entrevista com ele, que está aparentemente consciente.

Na sua fala, o cidadão conta um pouco da rotina do lugar: que toda manhã a polícia espalha o pessoal pela cidade. Aproveitando esta deixa, o jovem deputado demonstra que o Estado precisa intervir e prender todas aquelas pessoas e não espalhá-las pela cidade. Piedade pede para pausar o vídeo e retoma a palavra.

"Como podem ver, esse vídeo já foi visualizado seis milhões de vezes e, nos milhares de comentários, o que predomina é a exigência de uma ação de emergência por parte do governador, que está sendo execrado pela população. Mas o pior é que o senhor Robertinho conseguiu esta exclusiva oferecendo ao cidadão a droga que ele mesmo mostrou como era fácil de comprar. Porra, Robertinho! Eu estive nos últimos quinze dias reunido com os dirigentes dos maiores sanatórios do Estado, o esquema está todo organizado para a exportação dessa gente para longe da capital, as adequações da Secretaria Estadual de Saúde, os insumos, as transportadoras, empresas de alimentação, toda cadeia está devidamente ativada para que tenhamos um ótimo retorno nesse processo. A única coisa que não precisamos é ter pressa, pois a pressa vai nos levar a partilhar um bolo que seria só nosso, como bem sabe meu querido tesoureiro do partido, o grande Adalberto Ramalho, aqui presente. Você nos fodeu Robertinho!"

Robertinho parecia estar encenando um dos seus vídeos. Assistia tudo de forma impassível, quase cordial. Não era à toa sua fama na internet. Narrava suas histórias sem medo de ser taxado de ridículo. Em um de seus vídeos mais famosos, aparecia num palco, falando para uma plateia sobre como conseguiu completar os últimos dez quilômetros de uma maratona, na Austrália, com os ligamentos do joelho rompidos. Ele mostra no gestual que correu com um pé só. E que após o primeiro quilômetro, sofrido, sua mente coordena os movimentos e ele passa a ganhar posições, terminando a prova em quinto lugar.

Outro desses, que chegou a levar a *hashtag* #robertinho-invencivel aos tópicos mais comentados nas redes sociais, foi o vídeo que ele quase morreu voando de asa-delta: "Eu saltei, pela primeira vez, de asa-delta na Turquia. E a lona da asa do lado direito se desprendeu. O piloto entrou em pânico e eu, mesmo sem falar turco, expliquei o que ele deveria fazer para compensar a instabilidade da asa direita, enquanto assumia o comando da asa-delta. Nós pousamos e o piloto da asa-delta até hoje me liga quando tem um problema. A gente conversa normalmente, mesmo ele falando em turco e eu falando em português, nossas mentes já modularam nossos pensamentos e essa conexão é pra sempre. Está lá em um dos meus livros como fazer. Se você não for besta e não tiver preguiça: aprenda e module sua mente."

Ele se levanta, abotoando o paletó e então toma a palavra. "Deputado Piedade, meu líder, te admiro muito, me espelho no senhor! Mesmo que não acredite, eu sei o que tem no meu coração", é difícil para alguém como eu segurar o riso nessas horas, mas resisto, apenas troco olhares com o pessoal do grupo.

"Quero aqui ressaltar que apesar do movimento desse vídeo da Cracolândia parecer algo individualista e egocêntrico, na verdade, ele é o meu primeiro presente para esta coletividade que se reúne aqui hoje. Eu sei, e todos nós aqui também, dos esforços para que toda essa cadeia de licitações nesse processo de exportação dos viciados seja um sucesso. É um grande jogo de engrenagens e negociações. Meu vídeo causou justamente uma possibilidade de abertura e participação de outros partidos nesse projeto, que, a princípio, era do nosso grupo". Nesse momento, o deputado Canteiro, incisivo no corte da fala do jovem companheiro, utilizando o máximo do seu vigor, com dedo em riste, que lhe causava tremores no velho braço, esbravejou: "Essa engrenagem, você deve ressaltar, Robertinho, foi criada por contatos e empresas que nos servem há décadas! Que não estão conosco para brincar! Não chegaram agora com essa onda de internet". Robertinho aguarda a fala daquele senhor que militou com Jânio Quadros e ainda estava em posse de um mandato.

"Respeito isso, querido mestre Canteiro. O que vou mostrar para vocês agora são os números que esse meu vídeo gera. O presente que falei no início desta minha fala", ele pede meu auxílio. Faço a conexão do computador do deputado Robertinho com o telão e assim ele inicia a apresentação.

"Com todo o respeito aos nossos parceiros, mas aqui nós temos o montante arrecadado com a monetização deste vídeo, apenas nesta plataforma, onde atingimos mais de seis milhões de visualizações. Vejam, meus caros, que essa verba suplanta os ganhos com os contratos de alguns meses de exportação dos viciados para o interior. Apenas um vídeo equivale a meses. Esse dinheiro entra limpo, sem tribunal de contas, nem fiscalização alguma. Ele é nosso!"

Os veteranos se entreolham, resmungam entre si, o tesoureiro do partido se aproxima do presidente da legenda. Canteiro e Piedade colocam os óculos para olhar na tela. Os mais jovens exibem sorrisos. Por fim, o deputado Vales Pontes toma a palavra. Dentre os veteranos, era o único adepto de harmonização facial e Botox, que lhe deram um aspecto de velho reformado.

"O que está nos dizendo, então, meu caro Robertinho, é que temos esse dinheiro para compensar essa partilha que faremos no projeto da Cracolândia com outros partidos?", "Perfeitamente, meu prezado Vales Pontes. E para opinião pública de bem, nós estamos na luta contra as drogas. Antecipo aqui para todos, confiante de que vão aderir à minha ideia e forma de agir: o segundo capítulo da Cracolândia já está roteirizado, será produzido no próximo domingo. E esse segundo vídeo vai alavancar quase o dobro desse valor. E assim nós vamos seguir, montando uma sequência avassaladora e recebendo os royalties de tudo isso, muito antes do que os contratos firmados em todo o processo de exportação dos viciados".

Reunião encerrada. Os ânimos, antes exaltados, se apaziguam. Todos foram contagiados, ele merecia um Oscar. Abdalla se aproxima de Robertinho com um gesto de abraço, sorridente. Adalberto Ramalho entrega satisfeito ao deputado o telefone: "É o governador". Robertinho atende. Acena com a cabeça em tom de confirmação durante a ligação. "Vamos almoçar com o governador agora", ele diz para o Iago ao devolver o telefone de Ramalho. Antes de sair, ele pega na minha mão, enquanto recolho os documentos, "Obrigado por sua ajuda, Dani, sem sua contribuição, nada disso seria possível. Logo sua recompensa chega", disse, e acelerou para pegar o helicóptero para o almoço. Fui buscar minha marmita cética, mas um tanto mais feliz, vacinada contra falácias.

RÉQUIEM

O programa "A Voz do Brasil" foi ao ar pela primeira vez no dia 22 de julho de 1935, com o nome "A Hora do Brasil". Esse noticiário oficial transmitido de segunda à sexta, às 19 horas, ocupa horário em todas as rádios brasileiras. Programa radiofônico mais antigo da América do Sul, que completará em 2025: 90 anos. A Voz surgiu na época de Getúlio Vargas para divulgar os atos do Executivo e só mais tarde foi dividido com órgãos dos demais poderes: Judiciário, Senado, Câmara dos Deputados e Tribunal de Contas da União.

Fonte: Portal da Câmara dos Deputados

No rádio, a música é interrompida. Se inicia uma avalanche de notícias, que são despejadas em seus ouvidos. Aos poucos, são assimiladas. Parece proposital, uma vingança tramada com requinte, dosada. Conforme segue o programa, sua situação piora.

E agora as notícias da Câmara dos Deputados (Senhor, tem piedade de nós):
Deputado Zé Cristão do Amapá se diz indignado ao ser obrigado a defender a resolução do Conselho Federal de Medicina que proíbe a assistolia fetal. Ele se diz naturalmente contra qualquer método de interrupção de uma gravidez existente. Até mesmo com autorização da justiça, ele clama pelo apoio da população cristã para a manutenção da decisão do Conselho.

A deputada Adélia Espartana, de Santa Catarina, ressaltou que seu mandato sempre defendeu os interesses da vida e da família. Ela destacou seu envolvimento na lei que garante aposentadoria especial para pessoas que atuam em áreas perigosas e ressaltou que confia a Deus seu breve retorno à política.

Deputado paulista Cristovão Macho repudia a participação de crianças na Parada LGBTQIA+ em São Paulo no último fim de semana. Ele acusa a organização do evento de utilizar os menores como escudo humano para propagar suas ideologias.

Impossibilitado de se movimentar, Valmir não consegue evitar as lembranças. Mesmo diante dos acontecimentos atuais, recorda seus tempos de Voz do Brasil, nos anos 70, onde as pautas eram sugeridas à força. Seus textos passavam por um revisor do governo antes de seguir para a locução dos apresentadores. Foram quase trinta anos até que a sua aposentadoria saísse. Então retornou para São Paulo, no apartamento que os pais deixaram, no Paraíso.

Ele, que chegou até Brasília assim que completou dezoito anos, foi dispensado do serviço militar a pedido do pai: General Correia Nobre, diretor de comunicação do governo. Apesar de sempre ter servido às brigadas médicas, o ortopedista resolveu aceitar esse cargo com a intenção de moralizar a comunicação do Estado com a população e evitar que subversivos utilizassem a arte como fonte de propagação do comunismo.

Valmir, livre das obrigações militares, iniciou seu trabalho na secretaria chefiada pelo pai. Sua função era catalogar as obras artísticas censuradas pelo regime. Tudo que a censura vetava recebia a chancela de confidencial e era arquivado. Os documentos permaneciam em local vigiado, sob tutela do Ministério do Exército. Sua rotina era tranquila, pela manhã chegavam documentos vindos de todo o Brasil com os pareceres dos censores e Valmir separava por estado, município e criava um arquivo do artista censurado. Essa informação, posteriormente, era partilhada através de um relatório enviado semanalmente para o DOPS. A partir daí, uma vigilância era instaurada para acompanhar tudo que o referido artista fazia.

Certo dia, recebeu em sua sala a visita do pai e de outros generais, que eram apresentados ao setor de comunicação. Entre eles, seu padrinho de batismo, General Vigilante Pereira, que fez questão que o afilhado o acompanhasse na excursão. O último departamento que visitaram foram os estúdios, onde era produzida a "Voz do Brasil". O encanto de Valmir foi imediato com aquele universo. Tanto que se desgarrou do grupo e permaneceu mais tempo por lá, observando os locutores, microfones e o pessoal da técnica produzindo os cortes, que depois formariam o programa completo. Estava surpreso, pois tudo aquilo estava lá, dois andares abaixo de sua sala e ele não fazia ideia. Testemunhar as notícias que seriam dadas mais tarde no rádio tornou-se um passatempo. Nas suas horas de folga, estava sempre passeando pelo estúdio. Foi isso que despertou a vontade de estudar jornalismo.

Quando estava no segundo ano de Comunicação Social, antes mesmo de fazer a opção por jornalismo, Valmir foi transferido para a redação da "Voz do Brasil" e lá iniciou sua vida de pautar os locutores e realizar reportagens dentro dos diversos Ministérios e no gabinete federal. Andava sempre com um gravador e depois transcrevia o conteúdo das fitas para a máquina de escrever. Aprendeu como transformar o texto bruto em notícia. Zé Meireles, um repórter que já estava ali desde os anos 50, foi seu grande mentor, passando para o rapaz a melhor maneira de trabalhar seus textos.

Aquela nostalgia da juventude foi interrompida por uma dor aguda que lhe contraiu o abdome. A mente parecia funcionar, sentia os braços e pernas moles, em contraste com a rigidez do tronco. Parecia imobilizado, capaz apenas de ouvir o programa que seguia sua pauta diária.

Notícias do Senado Federal (Que terror ao viador, quando o eterno julgador vier julgá-lo em seu rigor!):

O Senador mineiro Tonico Menino utilizou a tribuna para falar que pessoas que não podem ficar grávidas não são consideradas mulheres de verdade. Ele defendeu que seja proposta uma PEC para se estabelecer os direitos do homem hétero, alegando que só estão sendo pautados pelo Ministério dos Direitos Humanos os interesses de minorias.

A Senadora Angelita das Dores, de Mato Grosso do Sul, pediu que sejam excluídos do planejamento do novo Plano Safra os agricultores familiares integrantes de movimentos pela reforma agrária. No texto de seu projeto de lei, ela fixa uma comissão permanente que deve atuar no planejamento do Safra, inserindo neste os produtores de defensivos agrícolas que atuam no território nacional.

Henrique Boaventura Neto trouxe ao plenário do senado o projeto que institui o dia do garimpeiro. O senador amazonense esclarece que os trabalhadores do garimpo, em seu estado, não têm uma data comemorativa ou feriado estadual que festeje a existência de sua valente categoria que desbrava os rincões da floresta e extrai dela os mais finos minerais admirados pelo mundo todo, como o ouro que adorna os dedos de todos os casais de apaixonados em forma de aliança.

Valmir gemia. Só era possível suportar a dor de olhos fechados. Seu peito ardia, se espremia num forte aperto. Era como uma contração. Sua respiração, espaçada, acontecia ofegante nos momentos em que a dor dava um intervalo. Não havia mais ânimo em tentar levantar, alcançar o telefone ou chamar alguém. Na mente, as recordações se sucediam. Tempos que ficaram no passado, mas martelavam o presente. Recordou quando um professor da faculdade questionou a veracidade de uma notícia veiculada no programa. A aula era de Rádio e TV e o professor era Pedro Carmona, que já havia trabalhado na antiga Rádio Nacional do Rio de Janeiro. Ele questionava sobre o suicídio de Wladmir Herzog, "Aquilo não foi suicídio. Foi um assassinato envolto de crueldade e tortura autorizada por essa ditadura que nos governa".

Valmir levou o assunto à mesa do café da manhã, questionando a possibilidade do professor ter razão, recebeu um: "Cala essa boca moleque! Que assassinato! Aquele jornalista revolucionário não aguentou as consequências de cumprir pena pelo seus crimes. Ele se matou. Ia pegar uma condenação enorme pelas matérias difamatórias que perseguiam o governo. Onde você ouviu isso?", perguntou o general, expelindo raiva e fiapos de ovo mexido pela boca. Valmir contou sobre a aula de Rádio e TV, terminando o café, enquanto o pai remoía o ódio com uma expressão mais dura que o normal.

Dias depois, na faculdade, ouviu-se um grito de mulher. O horror e altura fizeram com que os alunos e professores se apressassem pelos corredores. Tentavam desvendar de onde viria. "O banheiro masculino!" surgiu como buchicho entre a multidão, que acelerada seguiu até o local. A jovem, devidamente amparada, foi a primeira a testemunhar o corpo do professor Pedro Carmona, tal qual Herzog, pendurado pelo pescoço, enforcado no hall de entrada dos banheiros. Valmir ficou enjoado, olhou mais de uma vez para o professor pendurado e não suportou permanecer muito tempo ali.

O recado foi claro. A insistência da mãe já o livrara de seguir a carreira militar. Conseguiu, com a ajuda dela, ingressar na faculdade que queria. Então, a partir daí, ele evitou qualquer tipo de confronto com o pai. Passou a fazer as pautas com a exatidão que o governo e seus correligionários desejavam. Se eximiu de opinião, tão pouco deu um toque jornalístico. Omitiu a verdade sempre que foi solicitado.

Valmir trabalhava um tanto aterrorizado, cada vez que seu pai entrava na sala e explodia seu temperamento na cara do Meireles ou dos locutores. Sua defesa era encolher-se na mesa, de tal forma, que mal conseguia manter as duas mãos no teclado da máquina. Só foi surpreendido nesta maçante rotina no dia que chegou a notícia da demissão do pai. O General foi substituído no comando da Comunicação. Tudo repentino. Em casa, percebeu nas conversas que ouvia que a harmonia entre os militares estava balançada. Prevaleceram no poder aqueles que desejavam iniciar uma ampla reformulação, que culminou com a indicação do último presidente militar e o processo de abertura para eleições diretas.

As recordações do pai durante a transição lhe apertavam o peito. O sujeito se tornou violento. Não agredia fisicamente, mas não tinha uma resposta educada para qualquer assunto. Descontou a raiva na palavra e na bebida. O copo passou a ser seu companheiro. Sempre cheio. Valmir não tinha certeza se o aperto no peito era da memória ou se acontecia enquanto o penúltimo bloco do programa era apresentado.

Notícias do poder judiciário (Libertai-nos da boca do leão, que não sejamos absorvidos no inferno, nem condenados à escuridão):

O Supremo Tribunal Federal revoga a decisão do Conselho Federal de Medicina em abolir a assistolia fetal para interrupção de gestações decorrentes de estupro. Sem esse procedimento, meninas e mulheres, vítimas de estupro, correriam perigo ao recorrer o seu direito constitucional de optar por levar a frente a gravidez fruto de violência sexual, podendo inclusive acarretar, na falta do procedimento convencional, a realização de cesárias em crianças. No Brasil, 12 mil meninas entre 10 e 14 anos engravidam de seus estupradores anualmente. O procedimento da assistolia fetal é aprovado pela Organização Mundial da Saúde.

Em decisão de segunda instância, o Supremo Tribunal de Justiça inocenta policiais que mataram o professor Sávio Nogueira, que levava a família a um passeio, em janeiro de 2022. O carro em que estava o professor foi alvejado cento e vinte sete vezes. Ele não portava armas, apenas aguardava estacionado na porta de sua casa a chegada de seus filhos e esposa, que presenciaram a ação policial. De acordo com o Desembargador Pedro Benemérito, que proferiu a sentença favorável aos policiais, os disparos se deram pela recusa do professor em sair do veículo, desobedecendo a autoridade policial.

Pela terceira vez é adiada a votação pela cassação do deputado paranaense Jesus Farias. Com placar empatado em três votos a três, o processo já foi interrompido em outras três oportunidades para vistas dos juízes: Pastor Anacleto, General Marrudo e Bispo Feitor Soares. O pedido de cassação se deu pelo assassinato do deputado Felício Arruda, morto a tiros em plena sessão da CCJ quando lia seu relatório sobre a PEC da escravidão, onde acusava o deputado Jesus de manter mão de obra análoga à escravidão em sua fazenda de soja no Paraná.

Valmir tentou rezar. Sentiu medo. Só não sabia ao certo se temia mais sua inércia ali, deitado no chão, ou a da própria vida. O nó na garganta não era emoção. Parecia algo preso, um misto de sede e azia. Permaneceu imóvel, respirava com cuidado, apesar de afoito por ar, desejava conseguir respirar fundo. Faltava força, coragem. Da mesma forma que aconteceu nos anos que sucederam a ditadura militar no Brasil. Com as eleições diretas, a "Voz do Brasil" permaneceu ativa, um tanto sucateada nas passagens dos dois primeiros eleitos. Poucos recursos para modernização dos equipamentos e de profissionais para o quadro de funcionários.

Somente na era do Plano Real que tudo começou a se movimentar diferente. O estúdio foi reformado, outros repórteres foram aparecendo e Valmir permaneceu fazendo transcrições e revisando as locuções que iriam para o ar. Nunca mais foi entrevistar ninguém. As pessoas que trabalhavam na SECOM não sabiam se ele era concursado ou comissionado. Fato é que permaneceu ali da mesma forma: inerte, incapaz de alguma opinião, temendo ser rotulado de filho de torturador. O pai, como um dos chefes da censura do governo militar, era investigado por enviar listas de pessoas que o Dops prendeu e interrogou sob tortura.

A partir de 2003, o chefe de comunicação do novo governo eleito o chamou. Disse que não encontrara seu contrato de trabalho. Assim como Valmir, existiam outros funcionários remanescentes do período da ditadura militar que seguiram em suas funções públicas, para as quais foram designados, sem nenhuma formalidade ou regulamentação por concurso ou comissionamento. Valmir foi demitido, pediu a aposentadoria.

Retornou para São Paulo e foi para o apartamento da família. A renda era parte da aposentadoria do pai, que a irmã ainda recebia, somada à sua própria pensão, e dos juros de aplicações que somavam sua rescisão e a herança deixada pelo General. Valmir só não perdeu a mania de escutar a "Voz do Brasil", um vício que levou para o resto da vida. Analisava e criticava as pautas, o formato dos textos de locução, tentava por vezes até transcrevê-los. Tudo, após sua análise, se juntava à enorme coleção de fitas gravadas pelo seu sagrado gravador.

Ele percebeu, antes de muita gente, que o teor das notícias em 2013 revelava um rompimento entre Congresso e Executivo. Sua conclusão se deu pelo tom dos deputados e senadores em suas falas. Muito parecidos com sua época de novato na redação do programa. Era tão similar que o pessoal de confiança do General reaparecia em grupos de redes sociais em que ele era inserido, a contragosto, pela irmã. Ela tinha uma postura diferente da dele, sempre muito engajada, dizendo-se indignada com a situação do país. Valmir sabia, entretanto, que seu único temor era perder a aposentadoria vitalícia do pai.

No primeiro golpe, que derrubou a presidenta, Valmir viu emergir nomes que ele sempre conviveu nas reuniões e jantares da cúpula militar em sua casa. De 2018 até o presente momento, ali estendido no chão, testemunhou a derrocada cultural da democracia, a fragilidade da segurança dos direitos do povo e o retorno dos generais aos palácios. Agonizando em sua sala, com rosto empapado de uma saliva grossa, Valmir sofria pequenos espasmos musculares no rosto, talvez uma tentativa involuntária do corpo em retomar a vida. Seus olhos estalados se fixaram permanentemente no rádio que trazia as notícias do último bloco.

Notícias do Governo Federal (Cheios estão os céus e a terra da tua glória, hosana nas alturas):

Foi cancelado o evento no Museu da República em homenagem às vítimas da Ditadura Militar.

Presidentes da França e do Brasil se reúnem na Amazônia para anunciar a construção da Ferrogrão, a ferrovia que vai cruzar o estado.

Ministro das Relações Institucionais recebe entidades paulistas que atuam na Cracolândia pedindo programa federal de auxílio às pessoas afetadas pelo uso do crack. As entidades esclarecem que as ações estaduais e municipais não têm a continuidade necessária, ou estabelecem um protocolo de violência e desrespeito aos direitos humanos. Além disso, já se tornou incalculável o número de pessoas que morreram na Cracolândia, desde seu reconhecimento, dos anos 90 até hoje. As entidades ressaltaram ainda que medidas paliativas estão exportando a Cracolândia para cidades do interior do estado, gerando altíssimo custo aos cofres públicos sem efetiva solução. O ministro ressaltou que vai interagir com o governo paulista para garantia dos direitos do cidadão vitimado pelo vício.

Valmir seguiu ao som da liturgia que ele ajudou por muitos anos a manter. Não teve filhos, nem esposa. Preferiu a solidão. Seu corpo foi descoberto dois meses após a morte pelo mal cheiro que vinha de seu apartamento e incomodou alguns de seus vizinhos.

(Repouso eterno dá-lhes, Senhor, e que a luz perpétua os ilumine, pois és piedoso).

CARRILHÕES

Como ser comerciante numa cidade dessa?

José Carlos de Souza, comerciante do centro de São Paulo, em reportagem do G1 do dia 10 de dez. de 2024

Salomão Neto há muito não escuta o tic tac dos relógios da loja. Contudo, quando criança, sabia distinguir pelo som dos ponteiros e engrenagens um cuco de um carrilhão de duas setas. Ajudava o pai e o avô no negócio da família, sua tarefa era deixar tudo brilhando. Carregava no ombro uma pequena flanela felpuda seca e outra um tanto encardida com resquícios de óleo de peroba, e assim peregrinava de peça em peça, revezando as flanelas e lustrando as madeiras com capricho.

Quando julgava que tudo estava perfeito, pedia ao avô o pagamento do dia, e recebia uns tostões para ir até a bomboniere, ali mesmo na Barão de Itapetininga. Salomão comprava um sorvete quente, sentava-se num banco na esquina e observava os bondes passando pela Praça da República. Sua diversão era observar o condutor diminuir a velocidade do bonde e os passageiros descendo do transporte ainda em movimento. Aquele menino gordinho de suspensórios e bochechas grandes, com a casquinha na mão, chamava a atenção dos passantes: as moças lhe acariciavam o rosto e o cabelo, ele adorava, os homens faziam joia e ele retribuía, esticando o polegar para cima. Somente duas coisas lhe tiravam do seu ponto: o final do sorvete ou o chamado do pai, um assovio longo e alto que reconhecia de longe.

Geralmente, era chamado quando a loja estava com muitos fregueses ou perto do almoço, que a avó trazia numa pilha de quentinhas de alumínio: no andar de baixo, o arroz e o feijão, às vezes, macarrão; no intermediário, ovo frito, linguiça ou torresmo, e, por cima, a marmita fria com uma salada e frutas picadas.

À tarde, Salomão ia para escola, não gostava de estudar, preferia ficar ali ajudando o avô, que se dedicava aos consertos até quase a noite chegar. Com uma enorme lupa presa a um suporte de mesa, ele abria relógios de pulso e de bolso. Pareciam estar vivos, pulsando, com suas engrenagens em movimento. Os dedos finos daquele senhor eram ágeis e seguravam ferramentas que pareciam pertencer a um ser pequenino. Chaves com a ponta finíssima se encaixavam com perfeição para os apertos e desapertos necessários. Depois, vinha um fino pincel para limpeza e outro para lubrificação, que tinha de ser precisa, nos mecanismos certos. A última etapa era fechá-los, com pressão correta, polir o vidro e a sua prataria.

De 64 em diante, o ritmo da vida mudou ali no centro de São Paulo. Os bondes deixaram de funcionar. Soldados, a pé ou a cavalo, passaram a frequentar as ruas com grande frequência. Tornaram-se comuns tumultos envolvendo a polícia. Nas palavras do pai do menino, que ele escutava enquanto polia os relógios da loja, "Parece que mudaram a função da polícia. Ela não está mais patrulhando as ruas, mas sempre em busca de alguém".

Os relógios, com o tempo, foram modernizando. Com isso, surgiam os primeiros clientes à loja com as novidades do momento: os rádios-relógios. Isso fez com que Salomão avô perdesse a paciência. O velho patriarca não suportava ver relógios acoplados a um rádio. O relojoeiro detestava esses aparelhos e recusava todos os serviços. Mandava as pessoas embora, muitas vezes aos gritos e com isso foi perdendo consertos para fazer.

Essa rotina, um tanto decadente para o negócio, permaneceu até que um rapaz entrou na loja trazendo um destes modernos aparelhos. Era um Motoradio. O velho libanês gesticulou com o cliente, "Eu não conserto essas porcarias de relógios de rádios!" Quando foi afastar o aparelho, indelicadamente, este deslizou no balcão mais do que o necessário, tombou e caiu no chão, rachando a madeira do aparelho. O Salomão avô não queria acertar o prejuízo do rapaz, "Não pedi para trazer esse rádio aqui. Nós somos relojoeiros!". O neto assistia a discussão. A confusão só crescia, pois quem geralmente conseguia remediar os destemperos do avô, era o pai, que havia saído para fazer uma entrega.

O cliente saiu enfurecido e o velho foi gesticulando e balbuciando uma ladainha em árabe até a porta.

Não demorou muito o pai chegou, soube do episódio e repreendeu Salomão avô. Ele fechou a porta da entrada e chamou os dois para o almoço, pois aproveitou a saída e passou em casa para buscar as marmitas. O dia parecia seguir como os demais. Contudo, quando se aproximava a hora de fechar, Salomão Neto, voltando da escola, notou em frente à loja uma viatura. Na porta do motorista, pintado de branco com uma letra de decalque, havia um "PE".

Ele se aproximou devagar. Observou pela vitrine que o rapaz do rádio-relógio quebrado estava lá dentro, fardado desta vez, acompanhado com mais dois soldados, que seguravam os braços do avô, enquanto o pai conversava, na tentativa de apaziguar a situação. Salomão neto atravessou o calçadão, orientado pelo olhar do pai, que o percebeu pela vitrine. Ficou ali discretamente na porta do armarinho da dona Guiomar, que ao ver o menino permaneceu ao seu lado.

Aos gritos e xingos, o velho foi carregado até a viatura, algemado e levado por aquela polícia. O pai desabou a chorar na porta da loja e o menino correu em seu consolo.

Foi um tanto desesperador, pois as autoridades não deram satisfação para onde o avô seria levado. Também não havia um motivo legal, como questionou o pai. O cliente insatisfeito, agora travestido de autoridade, com insígnia de tenente, deixou claro que poderiam levar quem fosse para averiguações. Ele não aceitava mais o ressarcimento do prejuízo pelo rádio-relógio e assim levaram o avô.

Durante toda a semana, a família entrou e saiu de diversas delegacias. Praticamente todas que conheciam no centro e imediações, mas não encontraram sequer sinal do senhor Salomão.

Somente após a intervenção da Associação Comercial de São Paulo, solicitada pelo pai, que finalmente ele foi devolvido à família. Não houve formalidades, o avô foi despejado numa manhã na frente da loja. As pessoas que passavam por aquele corpo velho encolhido diante da vitrine não desconfiavam que era ele o dono do lugar, fundado lá nos idos anos 30.

Quem o reconheceu, prontamente se pôs em seu socorro. Salomão avô perdeu dois dentes, teve quase todos os dedos das mãos quebrados, ganhou uma coleção de hematomas roxos pelo corpo, estava desidratado e sem comer há dias. Não conseguiu reconhecer o filho nem o neto que correram ao seu encontro quando chegavam para o trabalho e perceberam a movimentação em frente à loja. O Dr. Galvão, que tinha consultório na sobreloja em frente, também estava lá.

Apesar da ajuda dos comerciantes vizinhos, nenhum deles quis prestar depoimento à polícia civil, testemunhando o rapto e tortura daquele senhor que sentiu na pele que a cidade não era mais a mesma dos anos 30, quando chegou do Líbano.

Nunca mais se viu o velho Salomão pelo centro de São Paulo. O filho ficou à frente da relojoaria. Salomão Júnior queria já há tempos modernizar a loja, mas seguiu em respeito à cartilha do pai até aquele momento. Ele nunca deixou que o velho percebesse qualquer insatisfação de sua parte, tão pouco suas vontades relacionadas ao negócio da família.

Nesta época, lojas grandes como Mappin, ali no centro, começavam a vender rádios-relógios e, sem bater de frente com estas potências, Salomão Júnior conseguiu manter o pequeno comércio de relógios antiquados para a época como vocação e uma homenagem a tudo que o velho Salomão construíra. Contudo, fez curso de eletrônica pelo Instituto Universal Brasileiro, tudo por correspondência, e assim ampliou os serviços de conserto da loja, incluindo a manutenção de rádios-relógios, despertadores digitais e outros eletrônicos que despontavam no mercado do início dos anos 70, cujos grandes magazines não ofereciam serviços de manutenção.

Salomão Neto, já crescido, também estudou eletrônica, fez curso técnico e passou a ajudar o pai na loja mais efetivamente. Os velhos carrilhões, que ninguém mais buscava, tornaram-se peças de decoração, uma cápsula do tempo para poucos admiradores e clientes mais antigos. A febre do momento era o design arrojado, colorido, cheio de curvas e plástico. Os relógios saíram dos bolsos e foram parar nos pulsos em definitivo. A mesa do velho Salomão com sua lupa no suporte juntava poeira.

As pessoas do centro também foram se modificando. Já não havia espaço para uma contemplação profunda como o pequeno Salomão fazia nos tempos de criança. Os bancos foram retirados, as calçadas precisavam de todo o espaço possível para a circulação de pessoas, que pareciam não respirar, apressadas, olhando em frente. Era como se todos estivessem indo ao mesmo compromisso, mas não se conhecessem, atrasados feito o coelho da Alice. Ninguém mais tinha sorriso no rosto ou tempo de cumprimentar. As feições se padronizaram numa cara sisuda, talvez uma tentativa de parecer perigoso e não se tornar alvo das gangues de meninos de rua, que começavam a circular nas redondezas.

Muitas lojas desapareciam. Dona Guiomar, Dr. Galvão e tantos outros deixaram o centro. A relojoaria do Salomão Neto permaneceu. O avô morreu antes da promulgação da Constituição de 88, o pai, já com mais de cinquenta, foi assaltado quando fechava a loja. Tomou duas facadas fatais, teve o fígado perfurado, deixando tudo para o filho, quase na virada para a década de 90. Salomão Neto permaneceu ali. Também se transformou. Passou a exibir o estereótipo dos pequenos lojistas do centro: de sujeito amedrontador. Sua aparência grande, gorda, com uma barba espessa, que tomava todo o rosto, deixando apenas o nariz proeminente à mostra, divergia do garotinho que atraía olhares pela simpatia.

Diversas vezes, quando circulava pelo centro, ele assistiu a perícia dos meninos em ação. Certa vez, nas redondezas do Viaduto do Chá, resolveu conversar com um deles para movimentar seu negócio de família, que era engolido por grandes lojas de departamento e shopping centers, que surgiam pela cidade atraindo os clientes para compras em um lugar seguro, amplo e confortável. Salomão Neto aliciou uma turma de meninos para fazer sua segurança e conseguir mercadorias mais em conta.

Os menores roubavam relógios e traziam para Salomão, que os comprava baratinho, depois se sentava na velha mesa do avô, os tornava peças novas, e os vendia mais em conta do que as lojas que compravam direto do fabricante. O centro tornou-se essa alternativa de ter produtos de origem duvidosa, por um preço muito menor que dos shoppings.

Os meninos do centro foram vaporizados com o tempo, os que restaram cresceram e se tornaram moradores de rua, andarilhos com pouca disposição e energia para os assaltos corridos da juventude. Esse pessoal preferia esmola a escambo, só precisavam da dose de pinga diária para suportar a rigidez do chão ainda com pedras portuguesas de outrora.

Com a tendência de mercado popular instalada no centro, Salomão Neto viu o surgimento e a multiplicação do comércio ambulante de rua. Pessoas que aproveitavam da fama do centro como possibilidade de vender falsificações baratas de tudo que existia, sem a burocracia do comércio formal e sem o custo do aluguel dos pontos. O centro de São Paulo tornou-se um mar de barraquinhas e bancas que disputavam lugar em todas as calçadas possíveis. Tinha gente vendendo relógio a trinta metros da porta do Salomão. Ele ligava para a polícia, ou para a subprefeitura para reclamar. Mandava o rapa entrar em ação para capturar as mercadorias dos ambulantes, mas isso não tinha efeito algum. Bastava o rapa sair de cena que surgiam novas barracas, mesas e mostradores repletos de mercadorias ocupando novamente as ruas.

No fim de tarde, algumas pessoas da fiscalização, que gostavam de um dinheiro fácil, apareciam na porta do Salomão para vender mercadorias apreendidas dos ambulantes por uma mixaria qualquer. O esquema funcionou por um tempo. Até que um tal ambulante de nome Mané Galo flagrou a transação acontecendo no calçadão da Barão.

Ele espalhou a notícia e a resposta veio à altura. Foi questão de uma semana até que Salomão, numa manhã, caminhando para abrir seu estabelecimento, notou uma banca de relógios na esquina da Barão com a Rua Marconi. "Relógios bonitos", ele cobiçou no pensamento. Quando chegou nas proximidades da sua loja havia um burburinho formado. Salomão se aproximou e tomou um susto. A loja estava vazia. Toda quebrada, até a velha mesa do avô e suas delicadas ferramentas estavam jogadas. A grande lupa quebrada quase tirou uma lágrima de seus raivosos olhos.

Demorou quase seis meses para que se organizasse novamente. Pronto para o contra-ataque, resolveu comprar uma arma, pequena, andava com ela dia e noite. Passou a pegar mercadorias do rapa de outras paragens do centro, não perturbava mais os ambulantes locais. Com o tempo, a prefeitura organizou os camelódromos, a Barão ficou mais livre. Viveu a mesma rotina anos a fio, como um contrabandista de segunda categoria, reflexo de um centro decadente. A violência que espantou o menino, quando o avô foi torturado, agora era o modus operandi do lugar. Teve um dia que Salomão distribuiu chutes num cidadão que dormiu na frente de sua vitrine. Tal era o seu descontrole. A atendente da máquina de sorvete, instalada do outro lado da rua, interveio. Ele distribuiu xingamentos para a moça e os demais que pediam calma. O cidadão saiu cambaleando. Salomão Neto morreu de infarto, já no final dos anos 90, quando estava a caminho de casa. A loja é mais uma das incontáveis portas fechadas de uma cidade que perdeu o compasso do tempo.

ESPERA

Entre nós
A dor nacional
Há os brilhos
E há navios no cais
Há vestígios meus
Só não há você

Tiganá Santana, "A Dor & Você"

Quem observa ali sentado, no banco do largo de São Bento, o Sr. Luiz Alberto de Assis, o Luza, se admira com seu sorriso no rosto. Figura carimbada do Largo São Bento, dificilmente saía dali. Já eram quase 30 anos que permanecia nas redondezas. Um legítimo passageiro do trem das onze, vindo na última viagem que saiu do Jaçanã.

Os mais antigos do largo conheciam sua história e eram solidários com aquele gigante gentil que não falava mais. A opção pelo silêncio ajudou a não aborrecer aqueles que poderiam se sentir incomodados com sua presença, sua persistência.

Quando criança, Luza despontara entre os cinco irmãos desde cedo. Era o dobro do tamanho deles, mesmo sendo filho do meio. Na capina da roça, que seu pai plantava no quintal, parecia uma máquina trabalhando. Plantavam feijão, milho, mandioca, quiabo, jiló e uma horta cheia de verduras. Luza começava cedinho, junto com o pai. Se pudesse escolher não ia para a escola só para continuar ali no eito.

Seu pai era um homem crente, não faltava a nenhuma missa de domingo, sempre levando a família e uma cesta de verduras e legumes ao Padre Afonso, que agradecia o carinho do fiel Julião. Seu pai era aumentativo mesmo. Um negro alto e musculoso, graças à enxada, com rosto bonito e que se apresentava a todos com um sorriso fácil. Luza era a cópia dele. Os irmãos ficaram menores, puxando para o lado da família da Aurora. Ela não era miúda, mas perto do Julião, quem não era. Dentro da grandeza física dos dois, reinavam mentes inocentes que não enxergavam mal nenhum e que preferiam carpir um lote debaixo de sol quente a assinar o próprio nome. Aurora era quem os ajudava nessas dificuldades, deixando-os livres para se preocupar com a plantação.

A chefe da casa, com seu timbre contralto, de tremer qualquer labirinto, ditava o ritmo dos dias por ali.

Quando sua turma estava toda na capina, cuidando da plantação, Aurora chegava com um refresco. Mesmo com tanto serviço de casa, se punha na lida com os demais e puxava uma cantoria, que logo formava coral com os filhos e o marido. Seus olhos grandes e atentos ajudavam muito nos serviços com a costura de panos de prato, que ela preparava para os fins de semana. Como se não bastasse, ainda tirava dois dias para passar roupa para fora.

A vida seguia seu curso lá no Jaçanã. Dentro da simplicidade de sempre, a família seguia sem a ânsia de uma virada qualquer, mas na luta para que tudo continuasse seguindo seu rumo. Contudo, têm coisas que se sucedem, complicadas demais para entendermos e seguir em frente sem tropeços. Além da nossa vista, e ainda mais da compreensão, existe o que transita entre as existências. Isso pode tanto nos mover, fazer caminhar mais rápido, nesse trajeto que é a vida, quanto nos paralisar, encher de temores e levar embora a força que necessitamos para enfrentar os dias. Pois foi algo dessa natureza que aconteceu no dia em que uma das meninas, Carmem Aparecida, soltou um grito desmedido no meio da missa. O susto foi geral. As beatas, compenetradas na liturgia, amassaram o programa da missa, perderam a mão no rosário. O padre paralisou a fala e procurou entre os fiéis presentes de onde veio aquele grito.

Carmem foi o assunto da semana entre os moradores do bairro. Não era mais a criança que antes poderia brincar distraída enquanto a missa seguia. Já tinha idade, pareceu falta de respeito aos olhos dos presentes. Aurora tentou repreender na hora, chamando sua atenção para respeitar a santa missa. Contudo, a filha não parecia ouvir. Logo após o grito, ela se remexia, cambaleando o corpo todo, sentada naquele banco de madeira. Só não caiu porque estava entre os irmãos. Tomou um chacoalhão da mãe. Fez que ia desmaiar. Sua cabeça pendia para baixo e retornava, como se estivesse num transe. Ali, a comunidade presenciou pela primeira vez Aurora verdadeiramente nervosa, gritando mais do que a filha, quase beirando a agressão, num desespero de quem não queria acreditar que aquilo estava acontecendo à vista de todos.

O padre tentou chamar a atenção dos demais prosseguindo a missa, num tom mais elevado. Anunciou o início de um cântico, pretexto excelente para que Julião, com os braços, levantasse a filha com facilidade e corresse com ela para casa, acompanhado da família.

Carmem passou o domingo todo nesse estado de dormência. Não havia nada que a trouxesse à consciência, ou lhe arrancasse alguma reação: gritos no ouvido, passar água na nuca, molhar os pés, o rosto, nem mesmo cheirar álcool. Julião, já impaciente, movendo-se pela casa, tal qual um gigante, queria levá-la para um médico. Aurora, séria e ciente do acontecimento, tentava acalmar o marido: "Isso não se cura com medicina".

Persistiram na vigília até tarde da noite. Carmem, conforme passava o tempo, começou a falar coisas esquisitas. Parecia dialeto, às vezes era português mesmo. Não era ela na verdade, o tom e a maneira de torcer a boca com as palavras soavam diferente da filha deles. Estava de fato possuída, como se alguém tomasse seu corpo emprestado.

Aurora sentiu-se derrotada na batalha de trazer a menina de volta. Ela resistiu o quanto pôde. Então chamou o Luza: "Filho, vá buscar sua avó, diz que é urgente". O garoto, fanático pela mãe, obedeceu o pedido com uma devoção única. Partiu a toda velocidade com aquelas pernas enormes, que atravessariam o bairro num piscar de olhos, levantando pó das ruas de terra batida.

Dona Ana, mãe de Aurora, era uma benzedeira muito conhecida. Sua ocupação, além das consultas, era na feira no domingo, vendendo as ervas que ela mesmo plantava. Para todo problema ela tinha um chá, banho ou simpatia que ajudava. Até o padre Afonso pegava com ela, vez e outra, ramos de alecrim para se banhar.

Luza chegou de volta e a avó ainda dobrava a esquina, sem conseguir acompanhar o ritmo do neto. Mal cumprimentou os demais e já se encaminhou para o quarto. Quando fez menção de entrar, observou a neta deitada, se tremendo toda. Brecou o passo com destreza e jogou o rosto de lado, de olhos fechados. "Sai todo mundo do quarto, por favor", ninguém ralhava uma ordem da vó.

Ela retirou duas das guias do pescoço, apertou-as na mão, fazendo uma figa, e ao pé da cama da neta rezou baixinho por um tempo. Depois deu um beijo na própria mão ainda fechada e passou por cima da menina deitada, como se estivesse espalhando uma nova energia pelo seu corpo. Carmem rejeitou no início com a feição retorcida, mas logo se rendeu. Dona Ana colocou o colar de contas brancas e vermelhas no pescoço da neta. Carmem, já com a respiração mais calma, piscou os olhos, e se esticou na cama como se estivesse despertando de um sono profundo. Assim que percebeu a avó, a cumprimentou como de costume: "Bença, Vó", e ganhou um terno abraço de sorriso e a benção de Dona Ana.

Com o olhar sereno, ela deixou a neta com os demais irmãos, que faziam festa pelo retorno de Carmem, ainda sem entender o acontecido. Ana se dirigiu até o casal para uma conversa. Foram até a cozinha. Enquanto pegava um gole de água da moringa, Dona Ana foi desenrolando a realidade, falando diretamente para a filha: "Ela é que nem eu, e que nem você, tem a comunicação aberta. Precisa ir lá no Pai Jacinto para dar voz pros espíritos". Julião, sentado na cadeira, recebeu a notícia sem compreender muito. Aurora apoiava os cotovelos à mesa e pressionava a cabeça. Certa do que a mãe dizia, questionava o Criador, sentimentos antigos lhe voltavam à mente.

Além dos tormentos passados que lhe remexiam as memórias, se preocupava com a língua do povo da missa. "O padre Afonso não vai aprovar", ela disse, tentando se esquivar. "Isso não depende de aprovação de padre nenhum. É das bandas mais altas que vem esse serviço. Não é graça nenhuma também! É só trabalhêra". O casal escuta Dona Ana, mas depois que ela se vai, só pensam em recorrer ao padre Afonso.

No dia seguinte, chegam cedo à casa paroquial no largo do Jaçanã. O padre, preocupado, lhes recebe e, depois de escutar todo o relato, recomenda que levem Carmem ao mosteiro de São Bento, no centro da cidade. "Lá ela poderia ser acompanhada por monges católicos que saberiam como lidar com as crises da menina", argumentou o pároco, visivelmente preocupado. Com toda a boa vontade, se dispõe em fazer uma prece de proteção para Carmem, que tranquilamente acompanhava os pais. Antes de iniciar o rito, pediu que retirassem a guia do pescoço dela. Em seguida, postou as mãos sobre sua fronte e rezou fervorosamente. Aurora e Julião fecharam os olhos, erguendo os braços, reforçando a prece do sacerdote. "Pronto, ela não vai ter crise alguma até o dia que puder começar o tratamento definitivo".

No sábado seguinte, o padre esteve na casa da família. Foi recebido com a alegria costumeira daquele lar. Julião, sorridente, se antecipou à pergunta do sacerdote: "Ela passou a semana bem, não teve mais crise". Satisfeito, o padre garantiu um reforço da prece na missa do dia seguinte. Sem se demorar, seguiu caminho, e a família à porta da casa acenava em despedida no trajeto do pároco até que o perdessem de vista.

Mal o dia amanheceu, Julião já colhia rabanetes e beterrabas para colocar na cesta do padre, foi quando o chamado agudo de Aurora o apressou. Carmem estava deitada no chão da sala com os olhos revirados e falando com a língua enrolada algo incompreensível. O instinto de Aurora foi mandar buscar Dona Ana na feira. Luza tomou o lugar da avó na barraca, mesmo incapaz de dar um troco certo, e ela partiu para ajudar a neta.

Quando percebeu o estado da menina, e não viu a guia que havia lhe dado, dona Ana ralhou com a filha. Aurora explicou o que havia acontecido. Contou para a benzedeira que o padre pediu para retirá-la. "Engraçado que eu não proibi ela de frequentar a missa, mas ele não aceita que ela esteja com as guias!" Quando terminou a sentença, assistiu à dinâmica daquela senhora, trazendo novamente à consciência sua neta. Colocando as mãos junto das mãos da menina, ela tentava se unir em vibração à ela. Julião segurava as pernas e o tronco da filha, que se debatia no chão. Tudo se arrastava, Aurora assistia incrédula, até que percebeu as feições de Dona Ana se alterando. Foi como se transferisse as caretas e contrações de Carmem para a avó. Contudo, a senhora experiente não estava inconsciente. Era ela quem controlava o corpo e os movimentos. Soltou das mãos da neta, agora calma, e se recolheu num canto, agachada em fervorosa oração até que não sentisse mais influência alguma.

Ao se restabelecer, Dona Ana lentamente ajustou seu turbante, se levantou e virou-se num tom matriarcal: "Vou dizer uma coisa pra vocês. Não me interessa se ela vai ser tratada da maneira do Pai Jacinto ou da maneira do padre Afonso. Fato é que ela é canal de comunicação. Se a igreja tiver dessas capacidades, não terão problema, agora, se for tratada feito louca, vou agir à minha maneira!", o casal, crente na Santa Sé, temia Dona Ana; pediram desculpas, mas ressaltaram que tentariam o tratamento primeiro pela igreja. Ainda dando lição, ela escancarou para a filha: "Quando você manifestou sua natureza de médium, Aurora, não teve igreja que lhe ajudasse. Lembra? Você resistiu, mas foi o Pai Jacinto que fez com que sua vida tomasse o rumo de sua escolha. Não que tenha sido o mais acertado, mas assim foi e nunca mais você pisou no terreiro, tampouco teve crises. Cuidado com o povo da batina". Dona Ana juntou suas coisas e retornou para a feira.

Julião, calado, voltou para o quintal, terminou de colher os legumes e foi levar ao padre, depois do final da missa. Do seu jeito confuso, explicou a recaída da filha. O padre combinou com ele para aquela semana a visita ao largo de São Bento.

A viagem era de trem, que saía de Guarulhos, parava no Jaçanã e seguia para o centro de São Paulo, terminando o trajeto no Mercado Municipal. Julião não andava de trem desde quando era muito menino. Foi com o pai, que o levou até a cidade pela primeira vez. Tudo parecia menor para ele.

Aurora já estava um pouco mais acostumada. Ela ia até os armarinhos do centro com a mãe para comprar tecidos e linhas, para costurar as roupas da família e bordar panos de prato. Luza e Carmem eram os novatos no passeio de trem. Tomavam sustos a cada solavanco dos trilhos. Depois, riam um da cara de medo que o outro fez. Queriam se sentar em todos os lugares para provar qual seria o melhor. A farra terminou quando Aurora deu ordem para que sossegassem.

Quando o trem chegou nas proximidades do centro, ficaram espantados com o tamanho dos prédios, a quantidade de pessoas circulando e principalmente com os automóveis. Ao descer na estação, o padre pediu que os pais os segurassem pela mão, para evitar acidentes. Assim, seguiram pela rua 25 de Março e depois encararam a subida da Ladeira Porto Geral.

Luza gritou para Carmem quando viu o bonde passando pelo Largo de São Bento, as pessoas se amontoavam para subir e descer. Os jovens, impressionados com a sincronia, nem se deram conta de que estavam em frente à Catedral. Entraram em companhia do padre Afonso, que pediu para a família sentar-se num banco, enquanto conversava com outro padre.

Aquela igreja lhes causava espanto, era muito maior que a do Jaçanã. "É banco que não acaba mais!", disse Julião para Aurora. O padre Afonso acenou para a família se aproximar. Apresentou o padre Eliseu, a quem pediram a benção. O veterano pároco retribuiu o carinho, dando-lhes as bênçãos e as boas-vindas. Seguiram caminhando pelos corredores laterais da catedral, e o padre os levou a um refeitório. Monges lhes serviram pão, água e algumas bananas. Enquanto as crianças se fartavam, Aurora acompanhava o movimento dos padres. Eliseu chamou dois monges e com eles teve uma rápida conversa. Em seguida, pediram a Carmem para que os acompanhasse. Aurora também se levantou, mas o Padre Eliseu pediu que ela fosse examinada sozinha.

Os padres ocuparam a família com conversas sobre os significados da medalha sagrada de São Bento, para que soubessem como louvar e ficar livres de espíritos perturbadores. Nesse momento, um grito ecoou pelos corredores do mosteiro. Aurora apertou o braço de Julião, que se levantou, assustando os padres com aquele tamanho todo. Era a voz de Carmem. O padre Eliseu, com seu semblante atento, explicou que os monges eram pessoas preparadas para lidar com esses fenômenos e que a filha seria exorcizada para se ver livre de seus perseguidores. Convidou todos a seguir para uma pequena capela onde poderiam rezar e ajudar em prece no tratamento.

Aurora pouco acompanhou do terço, estava de ouvidos ligados em todos os barulhos daquele lugar enorme, cheio de cômodos, tentando ouvir a filha mais uma vez, mas foi em vão. Quando estavam quase no final do terço, um dos monges, que havia acompanhado Carmem, se aproximou do padre Eliseu e lhe disse algo ao pé do ouvido. O padre lhe entregou o rosário, deixando-lhe ali, em prece, para finalizar o terço. Eliseu tocou nos ombros de Julião e Aurora, que de sobressalto se levantou.

Seguiram em silêncio até o lado de fora da capela. Depois, por um corredor com janela para o centro do mosteiro, viraram à direita e desceram alguns lances de escada, chegando a uma porta de madeira, onde o segundo monge, em prece, aguardava do lado de fora. Era possível ouvir algo se debatendo no lado de dentro daquele dormitório. Um som de molas de colchão e de cama rangendo. Era Carmem.

Aurora e Julião foram convidados a observar pela porta o que acontecia do lado de dentro. Nas duas folhas de madeira estavam pregadas quatro medalhas de São Bento. O padre Eliseu moveu uma delas de lado e encostou o olho direito no orifício; Julião e Aurora permaneceram paralisados por um momento, mas logo fizeram o mesmo.

O quarto era iluminado por uma luz azul cintilante. Lá estava Carmem, amarrada pelos braços e pernas em formato de cruz. Havia um frei de cada lado da cama. Um deles segurava um enorme mastro prateado com um crucifixo encostado sobre a fronte de Carmem. O outro permanecia em prece com a Bíblia aberta e um rosário nas mãos entoando a prece de São Bento.

Carmem parecia um animal selvagem, olhar estalado, atento ao movimento daqueles homens. Seu corpo se contorcia, tentava se livrar das amarras. Sua boca estava amordaçada, mordendo o pano todo babado naquela batalha de fé.

Padre Eliseu tocou nos ombros do casal, depois empurrou a medalha de volta para o lugar, impedindo que Aurora continuasse a assistir. A mãe em prantos abraçou o padre, que a consolou. "Tudo vai se ajeitar, minha filha. Deus está no comando", suas palavras soando num tom de ternura e carinho não tranquilizaram aquele coração de mãe, que batia acelerado, tão pouco sua mente, que martelava medo e a vontade de tirar a filha daquele lugar e levar até o Pai Jacinto.

Aurora recordou dos seus quinze anos, a mesma idade de Carmem, quando ela andava pela feira do Jaçanã, caminhando na direção da barraca de ervas de Dona Ana, e de repente acordou no seu quarto cercada de cuidados dos irmãos. Getúlio, o caçula tirou a compressa de alecrim de sua testa e deu um beijo no rosto da irmã, que, confusa, respondeu com meio sorriso. "Agora você não tá mais doida", disse o menino, baixinho, antes da mãe chegar e mandá-lo brincar no quintal. Cheia de ternura, Dona Ana passou a mão entre os cabelos da filha, que relaxou e se espreguiçou esticando o corpo inteiro. "Como se sente, Aurora?", ela perguntou, num tom baixo e investigador, "Tô bem, mãe. O que aconteceu?" Dona Ana fez uma pausa breve, olhou para a janela, buscando a luz, e depois encarou a filha nos olhos: "Você recebeu minha herança. Não sei ao certo se é isso que deseja, afinal, vive enfiada naquela igreja que construíram agora no largo, sabe todos esses fascículos da Bíblia", "Versículos, mãe!", "Pois que seja! Essa herança que você recebeu é de falar com o mundo dos espíritos. As almas que precisam de socorro vão começar a te procurar que nem me procuram".

139

Aurora se benzeu. Depois escutou todo relato da mãe sobre o ocorrido na feira. De primeira, ela não acreditou, mas as sete testemunhas de casa confirmaram tudo e a menina ficou preocupada, tomada por uma vergonha enorme, ao saber que soltou uma gargalhada alta, parando o movimento em frente da barraca do português. Logo depois, começou a despejar ofensas para os transeuntes, jogar verduras e legumes pelo chão até que fosse contida pela mãe e os irmãos. Ela lembra que não dormiu direito naquela noite, pensando no que diriam as amigas na escola e na catequese.

Não quis ir para a escola, amedrontada em se tornar motivo de chacota de toda a criançada. Permaneceu ansiosa, esperando que a manhã logo terminasse. Quando finalmente chegou a hora do almoço, partiu um tanto alvoroçada para o prato, e antes que a mãe lhe dirigisse a palavra, tomou o rumo da igreja. Lá, sentenciou a própria penitência, para não ter de contar o que a mãe revelara em confissão. O padre lhe acharia lunática, então ajoelhou diante do altar por mais de uma hora em prece até que fosse o horário da catequese.

Durante os ensinos religiosos, sua mente imaginava o que cada um dos colegas ali pensava. Todos ali estavam na feira, presenciaram os acontecimentos. A certa altura da aula, percebeu que cochichavam de canto de boca. Aurora sentiu-se excluída e triste.

À noite, chamou a mãe no quarto. Quando a Dona Ana chegou perto, Aurora desabou a chorar. Pensava estar possuída pelas trevas e a mãe foi desmentindo, explicando que os mundos das pessoas e dos espíritos estavam conectados. Que caso determinadas pessoas trabalhassem uma certa habilidade, conseguiriam ser a ponte de ligação desses mundos. Entretanto, algumas dessas pessoas, como era o caso de Aurora, já demonstravam essa capacidade, mesmo sem treino algum. Em seu choro desmedido, ela dizia que não queria ser ponte, seu desejo era apenas ser aceita na catequese e poder andar com a turma da comunhão na feira e nas festinhas do bairro. Dona Ana então propôs à filha que fosse com ela ver o Pai Jacinto, para saber o que ele diria a respeito. Aurora aceitou.

No dia seguinte, custou a acalmar o coração, esperando que a noite chegasse para ir ao terreiro. Fez as tarefas de casa imaginando que teria de ser enfeitiçada para não ser mais uma ponte. Quando finalmente a mãe a chamou, Aurora correu até a porta de casa. Estava pronta desde o fim da tarde. As duas seguiram pelas ruas do bairro até a casa caiada, que mais parecia um rancho com seu telhado, parte de telha e parte de sapé. Debaixo das palhas, estava sentado, numa cadeira entalhada, tragando um cigarrinho de palha, um senhor preto, de cabelos enrolados, cujas pontinhas pareciam começar a embranquecer. Ele saudou as visitantes e lhes ofereceu assento num banco, soprou a fumaça amarga do palheiro para cima e assim começaram a conversar.

"Você veio aqui, Aurora, pra conversa desse acontecido na feira?", "Foi. Eu não quero ser ponte, Pai Jacinto". O velho olhava em volta enquanto ouvia a menina, "Quase que ninguém quer, minha filha. É trabalho duro. Eu posso pedir pra você num receber mais mensagem, nem dá voz pros irmão que estão por aí. É isso mesmo que você quer?". Aurora olha para a mãe, que apenas testemunhava aquela conversa. "Eu vou ser punida por isso?", Pai Jacinto deu um sorriso de mostrar os dentes e falou de peito cheio: "Punição não é bem o nome disso. Acho melhor chamar de compromisso. Você aceitou isso antes de vim pra barriga da sua mãe. Só que hoje, por conta das coisas que viveu, não quer praticar. Você pode até num cumprir esse combinado, nessa passagem, mas combinado é combinado e numa outra vez isso volta e com mais tarefa acumulada pra fazer".

Aurora recebeu das mãos de Pai Jacinto uma guia, que deveria usar no pescoço por sete dias. Em seguida, Pai Jacinto se levantou da cadeira e logo depois trouxe outros itens, que ela teria que utilizar numa sequência de banhos que, conforme ele explicou, interromperiam o ciclo de comunicação entre ela e os espíritos. Foi uma semana complicada, Aurora não quis sair de casa para nenhuma atividade. Fosse na escola, na catequese, na feira, preferiu permanecer enclausurada para que ninguém a visse com aquela guia pendurada no pescoço.

O tempo se encarregou de enterrar aquela passagem de sua vida, até aquele breve momento do abraço do padre. Uma sensação de perigo e medo tomava conta de seus pensamentos. Ela pediu ao padre Eliseu para pousar ali no mosteiro e acompanhar a filha naquele tratamento, mas foi ignorada. Quando retornaram ao refeitório, Aurora correu até o padre Afonso e pediu que intercedesse junto ao colega. Tiveram uma conversa rápida, isolada dos demais familiares. O pároco retornou com uma feição pálida, um tom de arrependimento por ter de insistir que todos deveriam retornar para casa e deixar a menina para o tratamento intensivo sob a tutela dos monges. Pediram à família uma semana para a alta de Carmem e, assim, desolada, aquela comitiva seguiu de volta para a estação de trem. Aurora chorava, Julião não sabia o que fazer para consolá-la e Luza observava em silêncio o olhar de piedade do padre Afonso para a mãe.

Complicado mesmo foi segurar a Dona Ana. Ela não admitia que a neta estivesse submetida àquele tratamento. Foi dura com a filha. Ameaçou invadir o mosteiro de São Bento e sair de lá com Carmem nem que fosse necessário usar a força. Foi uma semana dolorosa, com dias intermináveis, que tiraram da casa o sorriso costumeiro.

No prazo estipulado, a comitiva partiu para buscar Carmem. Padre Afonso estava um tanto avoado, pensativo durante o caminho todo. Aurora era um misto de preocupação e euforia. Julião estava animado e tentava inflamar na esposa a mesma animação. O padre Eliseu não os recebeu. Um monge portador de uma mensagem foi quem interagiu com eles, explicando que Carmem precisava de mais tempo para se restabelecer. Isso foi se repetindo semana após semana, nas frustradas expedições da família na busca pela filha. Até que receberam uma correspondência, informando que Carmem permaneceria por tempo indeterminado sob os cuidados da diocese. Julião não conseguia fazer outra coisa além de consolar a esposa. Aurora não se levantava mais da cama. As crianças cuidavam da roça, das tarefas de casa, da maneira que podiam, e Dona Ana assumiu o papel de trazer Carmem de volta.

Foi ela que enxotou o padre Afonso da casa da família, quando ele foi entregar a tal carta. Ele ficou em estado de choque ao ver Aurora, aquela mulher sorridente, definhando na cama. Foi surpreendido com a vassourada que levou nas costas. Na tentativa de acalmar a fúria da avó, perdeu os óculos, que a senhora, em cólera aguda, fez questão de pisar enquanto repetia os golpes até que só restasse o cabo em suas mãos, que ela arremessou na direção do sacerdote, enquanto ele corria para fora da casa.

Meses de procura e enfrentamento fizeram parte da rotina daquela senhora, que, apesar da idade, andava altiva, numa postura elegante, com discernimento jovial. Ela foi algumas vezes ao mosteiro e protestou com veemência o acontecido, em vão. Soube à boca pequena que muitos dos internos do mosteiro eram enviados para Barbacena e por lá esquecidos da vida no sanatório. Ana foi até Minas Gerais, passou dias insistindo com os funcionários sobre o seu desejo de ver a neta. Depois de tanto insistir, conquistou a simpatia de uma enfermeira que então encontrou uma ficha com a fotografia de Carmem. Ela havia sido encerrada no mês anterior. Nela, estava a descrição de uma lápide. Dona Ana foi até o cemitério e um funcionário local mostrou onde a neta estava enterrada.

Quando Julião soube das notícias que a sogra trazia desabou em lágrimas, sem saber como falar com a esposa. "Ela não aguenta Dona Ana!". O ouvido comprido de Luza, escutando que a mãe iria morrer, lhe incendiou o peito. Num ato impulsivo, tomou uns trocados da família e seguiu para a estação de trem. Tinha certeza de que encontraria a irmã. Era a última viagem daquela linha, que seria então desativada. Na sua resolução confusa, Luza foi até o lugar onde viu a irmã pela última vez. Resolveu aguardar a saída dela pela mesma porta que entraram, na praça, em frente ao mosteiro. Os anos se seguiram, não se sabe ao certo se ele ainda se lembra por qual razão está ali. Aquele menino enorme foi envelhecendo na praça, que se modificou com o tempo. Seu corpo também mudou, mas sua mente parecia ainda a do menino que só queria ver a mãe feliz novamente.

Tornou-se esse senhor pacífico, que ninguém ousa aborrecer. Só o viram usar a força uma vez. Quando derrubou dois viciados que perseguiam um cidadão de rua. Ele detestava alvoroço. O jovem agradecido passou uns tempos por perto do seu protetor. Depois parou de dormir por ali, mas era visto com frequência de manhã, compartilhando um salgado e um refrigerante que Luza recebia diariamente com seu sorriso de menino.

RETIRANTES

O sertão vai virar mar
Dá no coração
O medo que algum dia
O mar também vire sertão

Remanso, Casanova, Sento Sé
Pilão Arcado, Sobradinho, adeus, adeus

Guttemberg Guarabyra e Sá e Guarabyra, *Sobradinho*

Bar e Restaurante Copa 2006 – Rua São Caetano, 318, Luz – SP
(Procurem a Dona Vera)

Quando o celular despertou na cabeceira, Vera acordou num susto interrompendo o sonho. Cutucou o marido, como de costume, confidenciou que estava sonhando com Remanso. Ele ouve, solta um resmungo e segue para um último cochilo, sabendo que pode esperar na cama até que ela termine de se aprontar.

Ela estava encucada com aquele sonho. "Tudo parecia tão real", ela pensava enquanto escovava os dentes. Foi juntando as partes mais marcantes e acabou ficando confusa. A mente já misturava as lembranças de Remanso com os fragmentos do bendito sonho. Lembrou da parte que andava por um pasto atrás de goiabas maduras, "De terra não tem mais nada!", pensou alto. "Que terra, Vera?", o marido perguntou. "Oxe, você tá me escutando, é?", ela retrucou, não querendo mais falar do assunto.

Seguiram para o trabalho com a cidade ainda escura, sem tomar café da manhã. Passaram pelo Brás, por um pedaço do Bom Retiro e finalmente pela Luz, até chegar ao estacionamento na rua São Caetano. Bairros que hoje, incluindo uma boa parte do centro, podem ser chamados por um mesmo nome.

Vera não gostava nem de falar esse apelido que deram para a região, achava feio, quase uma ofensa. Engraçado que sua Remanso, e algumas cidades vizinhas como Pilão Arcado, Santo Sé e Sobradinho, também podem ser chamadas hoje por um nome só: represa.

Ainda sob o efeito da nostalgia que o sonho despertou nela, Vera se imaginou voltando para Remanso. "Será que a minha vida seria mais fácil?", ponderou. Na mente, visualizou uma casa bonita, rodeada de natureza, observando de longe a igreja matriz, "Mas isso seria impossível. Só se eu virasse sereia!", "Eita, Vera, que você tá falando sozinha de novo?", disse o marido assustado ao volante. "Hoje eu estou lembrando das coisas, aí sai um pensamento ou outro, homem. Me deixe com eles, faz favor!".

Estacionaram o carro e o João veio pegar a chave e dar bom dia. Vera saiu apressada para o Copa, enquanto o marido ainda trocava umas palavrinhas com o manobrista. A rua São Caetano ainda estava vazia, das vitrines se via pouco com as portas de ferro baixadas, escondendo os sonhos das noivas que logo mais começariam a circular por ali. Não era o mesmo movimento de outros tempos, mas ainda havia várias lojas que resistiam àquele cenário de fim de mundo que o bairro se transformou.

Já estavam à espera do casal alguns dos seus companheiros de trabalho. Uns com rosto ainda amassado de sono, mais cansados; outros com a disposição em dia. Levantaram a porta de aço e então Vera se transformou.

Ela sempre estava animada para o trabalho no Copa, a coisa que ela mais amava na vida. Era uma satisfação que nenhum outro dos empregos que teve proporcionou. No início da vida em São Paulo, conseguiu um trabalho na confecção do Mohamed, na Silva Teles, depois foi para a equipe de costura dos Han, na José Paulino. O trabalho com roupa é pesado, cansativo, mesmo assim Vera nunca foi braço curto.

Quando chegavam os caminhões de roupa, tinha que virar a noite dobrando peça por peça e arrumando o estoque. Na costura, em época de mudança de coleção, a correria era intensa. Sua seção trabalhava no fechamento das peças, e como os Han tinham muitas funcionárias, quase todas as confecções da José Paulino mandavam as roupas para finalizar lá. Vera chegou a costurar, de ficar com a máquina ligada direto, sem descanso, por mais de dez horas. No fim do turno, lhe doíam os ombros, a ponta dos dedos, a coluna e a cabeça. O barulho das máquinas em funcionamento permanecia zunindo no seu ouvido por vários dias.

Foi nesse lugar que Vera pegou amor pela cozinha. Todos estavam fazendo hora extra num dia de domingo, que caiu no feriado do primeiro de maio. Sabendo que não haveria uma lanchonete aberta, os Han compraram músculo, cenoura, batata, arroz e feijão e perguntaram se alguém sabia cozinhar. Todos preferiram continuar nas máquinas, exceto Vera. Era uma cozinha pequena, assim como as panelas, e no improviso mesmo ela fez um picadinho.

Os elogios ao seu tempero foram muitos. Os Han separaram uma marmita para levar para casa. Uma amiga comentou: "Se você tivesse um restaurante eu comeria lá sempre". Esse dia, essa frase, perseguiam os pensamentos de Vera. Contudo, sozinha, ela não daria conta de um restaurante. Só teve oportunidade com o passar do tempo, conforme foram conhecendo outras conterrâneas que chegavam em São Paulo. Formaram a equipe que Vera e o marido precisavam para colocar o projeto do restaurante para funcionar.

O ponto, ali na Rua São Caetano, um lugar de realizar sonhos, estava perfeito. Assim, o restaurante Copa 2006 tornou-se uma realidade. A felicidade de Vera, do marido e das pessoas que chegavam, já com a oportunidade de trabalhar lá, contagiou a atmosfera do lugar. O Copa não vendia só refeições, mas também trazia alegria para os trabalhadores de toda aquela região. Ainda que o movimento das ruas não seja o mesmo dos tempos passados, o Copa continua movimentado.

A pecha de Cracolândia esvaziou os bairros, assustou a clientela. Quem está caminhando pelas ruas e percebe o movimento de um cidadão qualquer, automaticamente fica em alerta. Seu perambular nos carrega de insegurança, nossos instintos de defesa são acionados, a adrenalina circula nas veias. Quando nos observa, desperta nossa incerteza. Será que tem más intenções, ou somos apenas parte da viagem da droga? Desviamos, não queremos contato, tão pouco sentir o cheiro de rua podre que carregam. Seria melhor que não existissem, mas são a realidade.

Minha sensação, quando cruzam meu caminho, é que carregam outros invisíveis junto. Uma presença triste e fria que infelizmente transforma o ambiente por onde passam.

Tinha um desses meninos que aparecia vez ou outra depois do movimento do almoço lá no Copa. Ele já sabia quando chegavam mercadorias no restaurante e aproveitava para ajudar a descarregar e ganhar um prato de comida, às vezes até um trocado. Depois de um tanto de vezes que ele ajudou, Dona Vera perguntou o nome dele. O cidadão não soube responder, entregou o RG para ela. Ali estava registrada sua origem: sua data de nascimento, os nomes de seus pais e da sua cidade. Apesar do documento, ele não existia mais para sua cidade. Era justamente o contrário de Vera. No caso dela, quem não existia mais era a cidade dela. Foi o sertão que virou mar, como diz a canção.

Depois de abrir os registros do bujão de gás, a locomotiva do Copa entrou em funcionamento. Dona Vera foi apresentada a uma menina, trazida por uma das funcionárias. Ela vinha de mais longe que ela, precisava trabalhar. Seu medo era tão visível que se encolhia com a bateção de panelas, ou mesmo com o barulho das facas nas tábuas picando temperos. Dona Vera a pegou pela mão, levando-a para dentro da cozinha. Mostrou como tudo funcionava, a menina percebeu de onde vinham tantos barulhos e assim foi ficando à vontade. Ela coçou os olhos quando chegou perto da montanha de cebola para refogar, mas reagiu feliz ao cheirinho de alho fritando, já era metade da manhã.

A moça recebeu um uniforme para o dia de teste. Logo chegaria a hora do almoço. Enquanto os perfumes da rabada e do picadinho se misturavam, chegavam os carregamentos de frutas para o suco. O marido vai se encarregando de deixar tudo limpo e organizado. As meninas do salão já estavam há tempos no seu teretetê cheio de risadas. A novata escutava as histórias e tentava conter o riso. Logo depois, elas foram se maquiar, que o movimento estava para começar. Emprestaram maquiagem para a menina, que agradeceu. Nessa hora, Dona Vera vai andando por todos os lugares, se ocupando dos detalhes, dos sabores e da atmosfera do lugar.

Quando os relógios marcaram onze horas, Dona Vera se aproximou da moça e disse: "Isso aqui vai encher de gente, mas não se assuste. É que nem uma dança o que acontece aqui todos os dias. Os movimentos de cada um são quase sempre os mesmos. O freguês vem de olho no lugar que ele vai se sentar. As meninas cumprimentam, levam os cardápios, explicam como funciona para quem nunca veio antes por aqui, pegam os pedidos. Aí elas se viram para o balcão, e deixam os papéis com as anotações de cada cliente. Depois, em dois passos, pegam o jogo americano, os pratos, os talheres, gritam pelo suco para o Bahia ou buscam a bebida na geladeira. Nesse meio tempo, já deram mais um sorriso e boas-vindas para quem mais vem chegando. Até as frases são as mesmas, você vai ouvir: 'Ôh, meu amor, sente aí, fique à vontade!', 'Já escolheu, querida?', 'O que vai ser hoje, meu bem?', 'Quer um omelete para completar, anjo?', 'Vai querer salada, coração?', 'Só um instante! Já que trago seu pedido, meu rei!'"

Ela deu uma risada da descrição do serviço do Copa. Dona Vera a deixou de observadora e então testemunhamos exatamente isso. Eu, como cliente, ela estagiária, ambos novatos naquele restaurante. Nós vimos as pessoas entrando pela porta e toda a movimentação sincronizada das meninas. Estávamos maravilhados, elas trabalhavam duro: levantando bandejas enormes num passo acelerado, despachando os pedidos e partindo rumo à geladeira para pegar bebidas, tudo sem deixar o sorriso de lado. Como se não bastasse todo esse espetáculo, a comida é deliciosa. Elas interagiam com as pessoas conhecidas, com os desconhecidos, como eu, de uma maneira tão carismática, feliz e verdadeira que é impossível não se admirar e até mesmo questionar a forma como encaramos nossos ofícios.

Quando o movimento foi terminando, a menina, já um tanto familiarizada, sentia-se realizada. Mesmo sendo tudo novidade, ela ajudou as colegas com a entrega das bebidas e a limpeza das mesas. Alguns clientes da casa ainda estavam por ali, puxando conversa com o marido, com o pessoal da cozinha e com as meninas do salão. As risadas continuavam. Dona Vera se aproximou da novata: "A alegria do Copa é um temperinho a mais que colocamos para os clientes. Olha lá fora, quanta tristeza ver essa cidade, antes um mar de gente, virando sertão. Todo esse pessoal que trabalha ou passa por aqui entra contaminado dessa energia ruim. Aqui a gente alimenta o corpo com a comida no prato, e a alma com um sorriso no rosto. Você, que é minha irmã lá do Nordeste, vai ver que não tem gente melhor que nós para fazer isso por esse povo, tão ocupado com tudo, que se esqueceu como é sorrir".

Dedicado à minha família, Lígia, Mika, Mi, Gabi e Záza, todos do clã Leal Silotto Pecego Cardoso, ao pessoal do IBEAC, em especial a Bel Santos Mayer, e à comunidade da Vila Norma (Espírito Santo do Pinhal-SP).

Agradeço a Luiz Ruffato e Allan da Rosa pelo olhar lapidador, meu nobre amigo John Soares Cunha pela partilha de ideias e correções precisas, minha prima Bruna, pelo incentivo e leitura. Um agradecimento mais que especial à Nathallia Protazio com suas críticas, comentários e leitura meticulosa. Ana Elisa Ribeiro pela sensibilidade e generosidade de sempre.

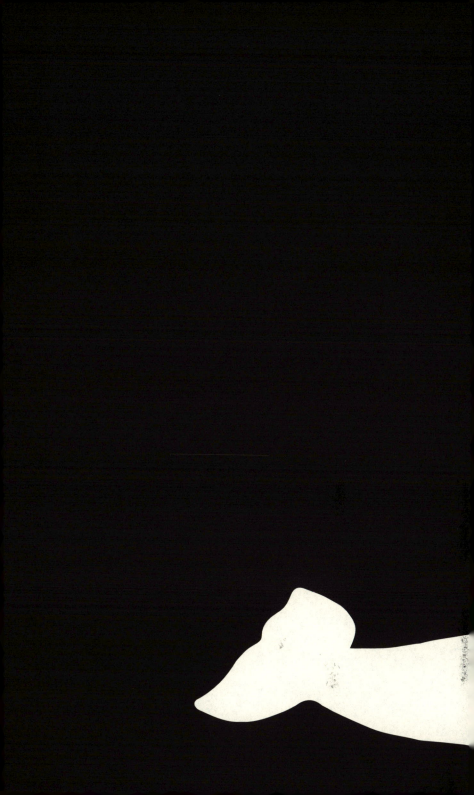

CARA LEITORA, CARO LEITOR

A **Cachalote** é o selo de literatura brasileira do **Grupo Aboio**.

Lemos, selecionamos e editamos com muito cuidado e carinho cada um dos livros do nosso catálogo, buscando respeitar e favorecer o trabalho dos autores, de um lado, e entregar a vocês, leitores, uma experiência literária instigante.

Nada disso, portanto, faria sentido sem a confiança que os leitores depositam no nosso trabalho. E é por isso que convidamos vocês a fazerem cada vez mais parte do nosso oceano!

Conheçam nossos livros pelo site aboio.com.br e sigam nossos perfis nas redes sociais. Teremos prazer em dividir com vocês todos nossos projetos e novidades e, é claro, ouvir suas impressões para sempre aprendermos como melhorar!

Embarque e nade com a gente.

Cada livro é um mergulho que precisa emergir.

APOIADORAS E APOIADORES

Agradecemos às **181** pessoas que confiaram e confiam no trabalho feito pela equipe da **Cachalote.**

Sem vocês, este livro não seria o mesmo.

A todos os que escolheram mergulhar com a gente em busca de vozes diversas da literatura brasileira contemporânea, nosso abraço. E um convite: continuem acompanhando a Cachalote e conheçam nosso catálogo!

Adriane Figueira Batista
Alexander Hochiminh
Alexandra Lopes Da Cunha
Aline Ferreira Bueno
amanda santo
Ana Maiolini
André Balbo
André Pimenta Mota
Andreas Chamorro
Anna Martino
Anthony Almeida
Antonio Arruda
Antonio Pokrywiecki
Arman Neto
Arthur Lungov
Bianca Monteiro Garcia
Bruno Coelho
Caco Ishak
Caio Balaio
Caio Girão
Caio Pezzo Bento
Calebe Guerra
Camila Agustini

Camilla Loreta
Camilo Gomide
Carla Guerson
Carlos Brando
Cássio Goné
Cecília Garcia
Cintia Brasileiro
Claudine Delgado
Cleber da Silva Luz
Cristhiano Aguiar
Cristina Machado
Daniel A. Dourado
Daniel Dago
Daniel Giotti
Daniel Guinezi
Daniel Leite
Daniel Longhi
Daniela Rosolen
Danilo Brandao
Danilo Rotoli
Denise Lucena Cavalcante
Dheyne de Souza
Diogo Mizael

Dora Lutz
Eduardo Rosal
Eduardo Valmobida
Enzo Vignone
Ercole Galli Junior
Fábio Franco
Fabio Luis Montanari
Febraro de Oliveira
Flávia Braz
Flávia Pecego
Flávio Ilha
Francesca Cricelli
Frederico da C. V. de Souza
Gabo dos livros
Gabriel Cruz Lima
Gabriel Stroka Ceballos
Gabriela Machado Scafuri
Gabriela Sobral
Gabriella Martins
Gael Rodrigues
Giovana R Carvalho
Giselle Bohn
Guilherme Belopede
Guilherme Boldrin
Guilherme da Silva Braga
Gustavo Bechtold
Hanny Saraiva
Henrique Emanuel
Henrique Lederman Barreto
Irene Aparecida Pecego Cardoso
Ivana Fontes
Jadson Rocha
Jailton Moreira
Jaqueline Rui Lopes Leme
Jefferson Dias

Jessica Ziegler de Andrade
Jheferson Neves
João Luís Nogueira
Joelma Montanari
John Soares Cunha
Jorge Verlindo
Júlia Gamarano
Júlia Vita
Juliana Costa Cunha
Juliana Slatiner
Júlio César Bernardes Santos
Laís Araruna de Aquino
Lara Galvão
Lara Haje
Lara Rocha Carvalho Paganini
Laura Redfern Navarro
Leandro Henrique Sartori
Leitor Albino
Leonam Lucas Nogueira
Leonardo Pinto Silva
Leonardo Zeine
Ligia Leal Silotto
Lili Buarque
Lolita Beretta
Lorenzo Cavalcante
Lucas Ferreira
Lucas Lazzaretti
Lucas Verzola
Luciana Sucupira Sertório
Luciano Cavalcante Filho
Luciano Dutra
Luis Cosme Pinto
Luis Felipe Abreu
Luísa Machado
Luiza Helena Caporalli

Luiza Leite Ferreira
Luiza Lorenzetti
Mabel
Maíra Thomé Marques
Manoela Machado Scafuri
Marcela Roldão
Marcelo Conde
Marco Bardelli
Marcos Belli
Marcos Vinícius Almeida
Marcos Vitor Prado de Góes
Maria de Lourdes
Maria Fernanda Vasconcelos
   de Almeida
Maria Inez Porto Queiroz
Maria Luíza Chacon
Maria Marcia Meloni Costa
Mariana Donner
Mariana Figueiredo Pereira
Marileide Belmiro
   da Silva Bugliani
Marina Lourenço
Mateus Borges
Mateus Magalhães
Mateus Torres Penedo Naves
Matheus Picanço Nunes
Mauro Paz
Mikael Rizzon
Milena Martins Moura
Natalia Timerman
Natália Zuccala
Natan Schäfer
Otto Leopoldo Winck
Pamila De Meneses Chaves
Paula Cachiba Germiniani

Paula Luersen
Paula Maria
Paulo R Runge Filho
Paulo Scott
Pedro Torreão
Pietro A. G. Portugal
Rafael Atuati
Rafael Mussolini Silvestre
Raissa Pereira Cintra de Oliveira
Raphaela Miquelete
Renata Hoeflich
   Damaso de Oliveira
Ricardo Kaate Lima
Rita de Podestá
Rodrigo Barreto de Menezes
Rodrigo Oliveira Pires de Souza
Roseli L. Cordeiro
Samara Belchior da Silva
Sandro Augusto Vasques
Sergio Mello
Sérgio Porto
Silmara Leite
Silvia da Rocha Carvalho
Thais Fernanda de Lorena
Thassio Gonçalves Ferreira
Thayná Facó
Tiago Moralles
Tiago Pereira Pompeu
Tiago Velasco
Valdir Marte
Weslley Silva Ferreira
Wibsson Ribeiro
Yvonne Miller

EDIÇÃO Camilo Gomide
CAPA Luísa Machado
REVISÃO André Balbo
PROJETO GRÁFICO Leopoldo Cavalcante

PUBLISHER Leopoldo Cavalcante
EDITOR-CHEFE André Balbo
ASSISTÊNCIA EDITORIAL Gabriel Cruz Lima
DIREÇÃO DE ARTE Luísa Machado
COMERCIAL Marcela Roldão
COMUNICAÇÃO Luiza Lorenzetti e Marcela Monteiro

ABOIO EDITORA LTDA
São Paulo — SP
(11) 91580-3133
www.aboio.com.br
instagram.com/aboioeditora/
facebook.com/aboioeditora/

© da edição Cachalote, 2025
© do texto Ricardo Pecego, 2025
© da fotografia da capa Henrique Passos, 2025

Todos os direitos reservados. Nenhuma parte desta obra pode ser reproduzida, arquivada ou transmitida de nenhuma forma ou por nenhum meio sem a permissão expressa e por escrito da Aboio.

Grafia atualizada segundo o Acordo Ortográfico da Língua Portuguesa de 1990, que entrou em vigor no Brasil em 2009.

Dados Internacionais de Catalogação na Publicação (CIP)
Bruna Heller — Bibliotecária — CRB10/2348

P365c

    Pecego, Ricardo.
        Cidadão / Ricardo Pecego.– São Paulo, SP: Cachalote, 2025.

    154 p., [14 p.] ; 14 × 21 cm.

    ISBN 978-65-83003-50-8

    1. Literatura brasileira. 2. Contos. 3. Ficção contemporânea. I. Título.

                            CDU 869.0(81)-34

Índice para catálogo sistemático:
1. Literatura em português 869.0
2. Brasil (81).
3. Gênero literário: conto-34

Esta primeira edição foi composta em Adobe Caslon Pro e Martina Plantijn sobre papel Pólen Bold 70 g/m² e impressa em junho de 2025 pelas Gráficas Loyola (SP).

A marca fsc© é a garantia de que a madeira utilizada na fabricação do papel deste livro provém de florestas que foram gerenciadas de maneira ambientalmente correta, socialmente justa e economicamente viável, além de outras fontes de origem controlada.